塩野七生

ローマの街角から

RACCO BOOKS

新潮社

読者に

この小冊は、国際情報誌『フォーサイト』に、一九九四年の春から一九九九年の冬にかけての五年余りの間に掲載されたコラムを集めたものです。その内容は、多岐にわたるというよりも、思いつくままとしたほうが正しいと思う。なぜならこれは、ローマから日本にいる友人に向けて送る、手紙のつもりで書きはじめたからです。つまり、イタリアのローマに腰をすえて『ローマ人の物語』と題した古代のローマの通史を執筆中の私の頭に、折りにふれて浮んできた想いを書きつらねていった、とでもいう感じのもの。

それで、一冊にまとめる際にも、テーマ別に並べ換えることはせず、掲載の順序をそのまま守ることにしたのです。古代ローマの文人の一人であった、小プリニウスの書簡集につけられた評文をまねるとすれば、「歴史物語作家のインクのしたたり」、とでもなるでしょうか。いずれにせよ、思いつくままに書かれたこの手紙の束が、あなたが考えをめぐらせるうえでの材料にでもなれば、それでもうこの小冊の目的は達せられたことになるのです。

とは言っても、読み進むうちにあなたは笑うでしょうね。日本に向けての切ない提言をくり返すこの私を。でも、外から見ていると、日本はとてもかわいそうな国に思えてくるのです。もちろん、ヨーロッパの一国ではない。かといって、内実からはアジアの一国でもない。同程度の国力をもち、相互に平等な立場で協力していける国々を近くにもっていない日本。

この小冊は、そのような日本に住む友人に書き送る私の想いでもあるのです。

二〇〇〇年九月、ローマにて

ローマの街角から＊目次

読者に　1
ローマに住むこと　9
なぜローマ史を？　13
社会に入っていく「資格」　17
サミット再考　21
石油、このむずかしき課題　26
難民問題　30
文化と経済　34
ないものねだり、はやめましょう　38
武器としての言論　42
「有事」的頭脳　46
司法と公正との間柄　50
「百パーセント病」　54
穏健主義の一面　58
一神教の「影」　62
挙国一致内閣　66
世界の現実　70
動機、について　74
ユリウス・カエサル　78
インタビュー　85
葡萄酒　89
民主主義の新解釈　93
アテネの敗因　97

司馬遼太郎　101
「右」と「左」　105
ひとまずの選択　109
ローマと東京　113
罪と罰　117
外交と外政　121
政治家たちへ　125
強国の嘘　129
「イフ」的思考のすすめ　133
危機とその克服　137
不調のときはどうするか　141
国家の「溶解」　145
西郷隆盛の言　149
若き過激派　153
「公」と「私」　157
八月十五日に寄せて　161
王女ダイアナ　165
修道女マザー・テレサ　169
手段と目的　173
凡才の害毒　177
ショッピング　181
慨嘆、言い換えればグチ　185
思考停止　189
戦略と戦術　193

「オリーブ」政権　197
東京の街角から　201
敗北の因　205
無題　209
黒澤明　216
中田クン現象　220
政治と経済　224
小沢氏へのお節介　228
ユーロ誕生　232
首相の「外遊」　236
『日蝕』によせて　240
ユーゴ空爆に想う　244
ヨーロッパの精神《スピリット》　248
人それぞれの責務　252
英語を話すサルにならないために　256
21世紀臨調への提言　260
ゴーン氏の「常識」　264
「善意による実験」の世紀が終わる　268
最後に　272

ローマの街角から

カバー写真　奈良原一高
装幀　新潮社装幀室

ローマに住むこと

フィレンツェでそうであったと同じで、ローマでも都心に住んでいる。選挙区では第一区だから、ローマの「千代田区」というところだろう。都心中の都心に住むのは、二千年も昔から人が住んできたのだから、安全度だって大丈夫にちがいないという、単なる思いこみによる。それに、わが家から一、二分の距離に、初代皇帝アウグストゥスが建てさせたローマ帝国皇帝たちの墓もある。いくらなんでも皇帝たちの墓所を、水害や地震の心配のある場所に建てるわけがないというのも、この家を選んだ理由の一つだった。

フィレンツェでもそうだったが、河の近くに住んでいる。ただし、アルノ河に面する家に住まなかったように、ローマでもテヴェレ河ぞいには住んでいない。百年前にイタリアを統一したトリノの人たちの考えによって、河ぞいは道路が走るように変ってしまったからだ。

フィレンツェでもローマでも河に面して建つ建物は昔のままなので、土手を地盤整備して堤防を張り出し、その上を道路にしたのだろう。当時は河ぞいの散策路を作ったつもりだったろうが、百年後の現在は猛スピードで走る自動車道になっている。『法王庁《ヴァティカン》殺人事件』では主人公をテヴェレ河に面した家に住まわせたが、五百年も昔の話だったから粋な住まい方になれたので、今ならば二重ガラスにでもしないかぎり、粋どころの話ではなくなっている。いや、窓を二重ガラス張りにしてもダメですね。水面を伝わってくる騒音のすさまじさは、古代のローマ人と同じテヴェレを眼前にしている、なんていう想いも吹きとばす勢いだ。

ゲーテは多分、北からローマに入るフラミニア門からフォロ・ロマーノに向うコルソ通りに居をかまえていたと思うが、古代ローマに憧れていた彼ならば当然だ。コルソ（競走）通りと名の変るのは謝肉祭中に仮装競走が行われていたルネサンス時代からで、それ以前は古代と同じに、フラミニア街道《ヴィア・フラミニア》と言ったのだった。国道三号線として今でも使われているフラミニア街道は、現代ではポポロ広場の北辺に立つフラミニア門から北に向う街道の名として残っている。わが家は、このポポロ広場から三分。日常の行動範囲だから、フラミニアという名は、街道としても城門としても始終眼にしているわけだが、そのたびに独り言を言う。

「ハンニバルの策略にはまって討死《うちじに》しちゃったあなただけど、国道三号線の名で遺《のこ》っているのだからいいじゃないですか」

紀元前二一七年、中部のトラジメーノ湖畔で戦死したガイウス・フラミニウスだが、その数年前に、ローマからリミニに通ずる幹線道路を敷設させていたのだった。

大学の卒業論文の冒頭を『イタリア紀行』ではじめたほど私には馴染み深いゲーテだが、ローマでの住まいまで彼を見習うことはできなかった。かつてのフラミニア街道、現在のコルソ通りが、ローマの中心部を通って行くために大変な騒音なのである。バスは行き交い車の往来も激しく、自動車時代の波をモロにかぶって、ロマン派の作家の気分など追えるどころではない。

同じ現象は、これまたわが家から五、六分の距離にある、スペイン広場界隈とて同じだ。詩人キーツやシェリーが住んでいた時代ではないのだ。スペイン階段は今や、観光客やそれ相手に何かを売る人たちで埋まっていて、石肌も見えない有様。「世界で一つしか存在しない家の持主になれます」なんてささやく不動産屋の言に耳を傾ける気になれなかった。たしかにスペイン階段は世界に一つしかないから、それを眼前にする家の資産価値も落ちることはないだろう。ローマでは、不動産の価値には借景が大きく影響する。とはいってもこの喧騒に付き合っていては、古代ローマを書くどころではない。キーツだったかシェリーだったかが住んでいた家は、今では記念館になっている。ゲーテの住んだ家は、ドイッチェ・インスティトゥートになっているのではなかったか。

というわけで、彼らのような文豪になる怖れはまったくない私は、安心してローマでも、実に普通の家に住んでいる。ただ、そこに住んでいる私の頭の中だけは、普通であってはならないとは思っているけれど。

（一九九四年五月）

なぜローマ史を？

なぜローマ史に挑戦する気になったのか、書きはじめた当初は深くは考えていなかった。何かが私を刺激したことは確かだが、そのようなことは書き進むうちにはっきりすればよいと思うのは、ルネサンス史を書いていた頃と変りない。私と学者たちのちがいは、「わかっていること」を書く彼らとちがって、私の場合は「わかりたいこと」を書く点にある。最後の一行を書き終えたときはじめて、わかった、と思えるんですね。

それでも、第Ⅲ巻の刊行が二カ月後に迫り第Ⅳ巻の準備もはじめているこの頃は、挑戦の理由の一つぐらいは確かになりつつある。それを一言で言うと、十三世紀から十六世紀にかけてのルネサンス人と同じ精神状態、としてもよいかもしれない。

あの時代は、一千年つづいた中世を支配してきた、キリスト教の価値観が崩壊した時期であった。その時期に生きる羽目になった人々のうちの代表的な二人が、イタリア人のマキアヴェッリとドイツ人のルターである。この二人の考えは、かいつまんで書けば次のようになる。

マキアヴェッリは、一千年もの間キリスト教で指導してきたのに人間性に少しも向上も進歩も見られないのは、人間自体がもともと、宗教によってさえ変りようもないほどに「悪」に対して抵抗力がないからである、と考えた。ゆえに、そういう人間たちが住む世の中を変えていくには、この人間性を冷徹に直視することがまず第一、と主張する。

マキアヴェッリが属したルネサンス時代のイタリア人の眼が、古代のギリシアやローマに向いたのも当然だ。眼前で崩壊しつつあるキリスト教的な価値観が存在しなかったにもかかわらず、人間が生きてこられた時代が古代であったからである。ルネサンスの名で知られる精神運動はそれゆえ、古代復興とも呼ばれ、ために非キリスト教的な性格を強くもった。

ルターも、一千年のキリスト教下でも人間の性格がいっこうに向上しなかったとした点では、マキアヴェッリと同意見だった。だが彼は、その理由を、キリスト教という宗教の指導のされ方が誤っていたからである、とする。

なにやら昨今の、共産主義が誤っていたのではなくて、共産主義国での共産主義の指導のされ方が誤っていたという議論を思い出させないでもないが、ルターは、それまでのキリスト教会の指導層であった聖職者階級を排除し、神と信者が指導者なしでダイレクトにつながるプロテスタンティズムを主張した。

あれから五百年が過ぎた。人間性は改善されたであろうか。この五百年の間に西欧では、プロテスタンティズムだけでなく、啓蒙主義、フランス革命、共産主義革命等々と、人間性改善の試みは、イヤというほどなされてきたのである。それらによって、人間性は改まったであろうか。

私としてはやはり、マキアヴェッリの考え方のほうをとる。ボスニアやソマリアその他の紛争地域を思い起すまでもなく、一見まったく問題がないように見える国々の中にさえ潜在する諸問題を考えるとき、洞察の的確さならば、マキアヴェッリの思想のほうが的を射ていたとしか思えないのだ。

だからこそ、宗教や哲学やその他のことでの人間性改善の試みなどはじめから捨て、民族のちがいも宗教や文化のちがいも認めたうえで、それらを超えたところでの人間の共生を目的とした、法というものを創り実施したローマ人に魅《ひ》かれるのである。

キリスト教の存在しなかった古代に眼を付けたルネサンス人に似て、いや、プロテスタンティズムに啓蒙主義、自由・平等・友愛のフランス革命、そしてすべての人が平等になり階級が消え去るはずであった共産主義を経験した時代に生れたからなおのこと、人間の改善を信じなかったローマ人に心魅かれるのかもしれない。

これは、懐古趣味ではない。なぜなら私は、ローマ人がわれわれよりも優れていたから彼らに魅かれるのではないからだ。人間性に対する幻想をいだかなかったから、興味をもつのである。ちょうど十三世紀から十六世紀にかけてのルネサンス人が、キリスト教によるこの種の幻想から離れ、キリスト教の存在しなかった古代に復帰しようとしたのに似て。

（一九九四年六月）

社会に入っていく「資格」

今年の夏は、受験生の母親をやった。といっても、三度三度消化の良い食事を用意する程度の母親でしかなかったが、それでも、イタリアの高校卒業と大学入学資格検定を兼ねた、イタリア語のそれを直訳すれば「成熟試験《エザメ・ディ・マトウリタ》」に出される試験問題には、関心をもたざるをえなかったのである。

イタリアの教育制度は、小学校五年、中学校三年、高校五年、そして専門別に修業年限がちがう大学となる。中学までが義務教育で、高校になると、技能別専門高校と、大学に進むことを前提にした理科系文科系の普通高校に分れる。専門高校を卒業すればディプロマと呼ばれる資格免状がもらえ、翌日からでも働きに出られるが、普通高校を卒業しただけではディプロマはくれない。専門高校よりは断然むずかしい普通高校が、大学での高度な専門教育を受けるに必要とされる基礎、つまり一般教養を与える機関とされているからである。ゆえにイタリアの大学には、教養学部というものがない。

今年度の「成熟試験」は、文科系普通高校を例にとれば、筆記試験は国語の論文とラテン文の飜訳で、口頭試験は、国語の他に、歴史、ギリシア語、物理のうち一つを選択できるようになっていた。歴史と哲学、ギリシア語とラテン語、物理と生物学、化学、数学などが、年によって入れ代わるようである。ちなみに、英語のような現代外国語は、教養ではなく実用課目とされ、ゆえに学校の「外」で学ぶことで「内」では教えてくれない。

それで、最重要課目ゆえに六時間与えられている国語の論文試験だが、問題は四つ与えられ、生徒はその一つを選ぶようになっている。それを紹介してみたい。

一、人間世界においての連帯と平和裡での共存には、文明のたまものであるところの個人間並びに民族間のちがいを認め尊重し合うことが必要である。ならば、国別民族別にしばしば生れる深い嫌悪や拒絶意識の源泉は、どこにあると思うか。それについて述べよ。

二、(イタリアの国民作家マンゾーニの、方言の多いイタリアでの標準語確立には五百年の歴史があるとした一文を引用した後で) マンゾーニにおける標準語確立の重要性と、書き言葉と話し言葉の両方において、マンゾーニはイタリア語をどう評価していたかを論ずるよう。

三、第一次世界大戦は、強大ないくつかの帝国の崩壊で終った。だが、それによる地政学上の急激な変化は強大国間の新たな抗争の種にならざるをえず、それが第二次世界大戦につながり、現在でもなおヨーロッパの政治に深く影を落としている。この問題について、分析し解説するだけでなく、自身の考察も加えて論ぜよ。

四、ギリシアの政治と文化におけるアテネの地位を、ポリスというかの国の政体の特色と価値を述べることで省察せよ。また、アテネのように、そしてわれらが国（イタリア）のように、市民の「法」がその国の文化や政治の伝統に深く結びついたものであるならば、それらは、例えばヨーロッパ連合のように従来の国境を越えたところに成り立つ組織においても、適用しうるものであるかどうかを論ぜよ。

国語の試験なのだから、内容が問われるだけでなく、文章構成、表現力、使用言語の適切さも問われる。分量には制限はないが、普通、四百字づめ原稿用紙になおすと二、三十枚というところ。『フォーサイト』ならば、四から六ページ分だ。ちなみに、口頭での知識と表現力のほうは、一時間にもおよぶ先生との一対一の口頭試験で試される。そして、「成熟試験」にかぎっては、他の地方から来た初対面の先生が試験する。ローマの学生には、ミラノの先生というように。

ま、暇があったら、四つのうちどれでも試してみてください。わが息子は第三問を選んだ。私だったら、第四問にしたところだが。

（一九九四年七月）

サミット再考

ナポリでのサミットが終った翌日に、これを書いている。ただし、私がここに書こうとしているのは、サミットの成果のようなことではない。

既成の統治システムが機能しなくなったときに人間はどのように対処してきたかは、ローマ史を執筆中の私の主要関心事の一つである。なぜなら私は、統治者つまり政治家は、悪いことをしようと考えて悪い政治をしているのではなく、良い政治をしようと考えているのに悪い政治になってしまう、と思っているからである。なぜこのような結果になるかだが、それこそ、統治能力を失った従来のシステムに代わる、新システムの創設を怠ったからではないか。

サミットは、当時の西ドイツ首相だったシュミットとフランスの大統領だったジスカール・デスタンの二人が考え出したものだという。つまり、ヨーロッパ的思考の産物であるということだ。それが今に続いて、今回はロシアが、三日目の政治討議から出席した。さらに、シュミットは今、そしてこれまた西欧的思考の見本のようなシンガポールのリー・クワンユーも、サミットへの中国の参加をも提唱しているらしい。これはもう、サミットとは経済を討議するための場、と思ったらまちがいである。サミットは、政治、経済、安全保障を中心として、世界のすべての重要課題を話し合う、大国を集めた会議の方向に進みつつある。

もしも、現段階でのサミットの成果の有無とか、出席の各首脳の個人的な故国への「おみやげ」の有無とか、サミットの限界とかだけを論ずるならば、その人は、冷戦体制下でのサミットに対する捉え方に、いまだ縛られているという証拠だ。社会主義経済に対する、資本主義陣営の優位保持への協力機構という考え方から、脱皮していないという証拠である。

国際連合が期待された機能を果していないというのは、もはや隠しようもない事実になっている。もともと、一国一票という平等民主の路線に、システムとしての無理があったのだ。私の住むアパートでも、住人共通のことである管理費用が各家の広さに応じての負担であるのに準じて、決定への「票」も一家一票ではない。隣りの二倍の広さの家をもつ私の「票」

は、隣りの二倍である。

だが、これくらいのことは国連設立当初からわかっていたのだろう。それで、安全保障理事会というものをつくり、しかも、そのうちの常任理事国の五カ国には拒否権を与えた。拒否権（veto）という言葉そのものが、発音こそ各国ではちがってもそれらの語源は同じラテン語である事実も、古代ローマ史を勉強中の私に、拒否権は最高の権力であるということを痛感させた理由かもしれない。

ところがこの「安保理」も、冷戦時代は拒否権の乱用で、冷戦が終れば終ったで現実に合わなくなったりして、機能している機関とは言えなくなっている。世界全体を視野に置いての統治能力は、アメリカ合衆国がもう先頭に立つのはイヤと言い出した以上、どこにも求められないことになったわけだ。

かつての経済サミットの創案者であったシュミットが、中国の参加まで唱えはじめたこと。今回のサミットへのロシアのほぼ公式の参加は、ヨーロッパ諸国の支持を受けていたこと。また、小国の統治者ゆえにかえって世界的な視野で発言できるリー・クワンユーが、中国の参加実現に熱心であること。そして最後は、サミットには熱意を示すドイツが、安保理の常任理事国になるのにさほど積極的でなく、常任理事国になってもそれが拒否権なしでは意味がない、と言っていること。これらの動きを、単純に安保理の常連になりたい想いでいっぱいの日本当局は、眼をぱっちりと開いて見るべきである。

そして、世界の方向を決めるうえでサミットが主導権をにぎるような方向に進むことで最も利益を得るのは、われらが日本である。「安保理」の常連になるのとちがって、すでに日本は内部にいる。しかも、憲法改正でもPKO（国連平和維持活動）でも、何らの約束の必要もなしに内部に入っている。中国の参加を、日本こそ主唱すべきではないか。

もちろん、この意味でのサミット有用論は、首脳の誰一人として、死んだって口にしないだろう。当り前ではないか。大変に非民主主義的で非国連的な方向なのだから。

（一九九四年八月）

〔追伸〕二〇〇〇年七月の沖縄サミットは、学者を集めたわけでもないでしょうに、と慨嘆するしかないような抽象的なテーマとお祭り騒ぎで終始したようである。主催者側の日本の外務省に、戦略的な思考が欠けているという証拠であろう。持てる力の冷徹な利用こそが将来を決める鍵であるというのに、まったくモッタイナイ話である。

とはいえ、どうしても「安保理」の常任理事国になりたいのならば、さしたる代償を払うことなくなれる道が一つあるんですね。「安保理」常任理事国がもっている、拒否権の撤廃を提言することである。予想される反対国はロシアに中国だが、多数決に変ったほうが有利なアメリカは賛成するはず。そしてイギリスも、また、例によって抵抗はするにせよ結局はフランスも賛成側にまわるだろう。機能の向上を期すという理由で拒否権を撤廃した先例は、私のウロ覚えだが、ＥＵがあったのではないか。

石油、このむずかしき課題

今回だけは、ローマの街角からとするよりも、ウィーンの街角から、としたほうがよいかもしれない。というのは、八月の末にウィーンで開かれた、中東協力センター主催の会議を傍聴したからである。出席者はすべて、日本の中東関係者たち。

中東には歴史的な関心しかもっていなかった私を驚かせた第一は、二十一世紀を待たずして日本の中東への石油依存率は、九〇パーセントを超えるという報告だった。インドネシアや中国が、石油輸入国に変るからであるらしい。

第二の驚きは、このようにほぼ確実に訪れる近未来に対しての、日本側の戦略的思考の欠如であった。

そして、これはもう驚きよりも哀れをもよおしたが、石油の輸入業者をはじめとする中東諸国駐在の日本人たちが接触をもてるのは、これらの国々の上層部ではなく、つまりサウジならばサウジ人ではなく、その下に位するエジプト人とかの行政関係者にすぎないという現実であった。それも、中層部から上層部に、情報なり意思決定なりの連絡が充分に行われているのならば問題はないのだが、現地の駐在員たちの話では、これもまた絶望的であるという。

それで、この面での苦労を連日のごとくしている彼らとしては、日本政府に一貫した政策の確立を求め、それをアッピールするための閣僚級の訪問を求め、延び延びになっている皇太子御夫妻の訪問も早く実現させてくれと求めることになるのだろう。だが私には、問題はそれだけでは解消しないと思えてしかたがなかった。

問題は、より根源的なところに存在する。われわれが武器を輸出しておらず、彼らの安全保障にも何ら直接的に関与していないことである。

日本が最大の石油輸入国であり、石油を売るしか生きていく道はない中東産油国にとっては、日本ほど大量に高価に買ってくれる国はない以上、両者の関係は良い状態で持続するはず、と考えるのでは楽観的すぎはしないか。

日本だけが先進国中唯一、武器輸出国でもなく積極的にPKOにも参加していないこと自体は、けっして悪いことではないと私は思っている。しかし、武器の輸出を経済的な理由のみで考えたり、PKOを軍事的な理由のみで判断するのは、国際的に子供でありつづけることでしかないと思う。その子供が、九〇パーセント依存などという首に手をまわされたような状態に早晩なるというに至っては、悪夢以外の何ものでもない。

日本当局は武器を輸出している国々に対しそれをやめるよう提言しているそうだが、私は、そのようなことが実現するとは絶対に信じない。武器輸出を、経済的な理由にのみよるとは思っていないからである。国連軍創設の実現性も、まったく信じていない。アメリカ合衆国軍が主体になるのならともかく、各国からの寄せ集めの兵では軍事力にならないからだ。しかも今やアメリカは、兵を出す気を失っている。それでいながら武器は、あいかわらず売りつづけるだろう。武器使用法を教授する、という建前を前面に出しての、武官たちの派遣とともに。

要するに日本は、大変なハンディを負っているということである。そしてその解決を、在外公館や駐在企業に一任するわけにはいかない。なぜならこれは、すぐれて政治の問題であるからだ。武器も売らず兵も出さないやり方をつづけるならば、それ以外の方針を明確に、国策としてうち立てるべきである。このために皇太子や閣僚の訪問が有効ならばもちろんそれもやるにこしたことはないが、基本はあくまでも、国家的な方針を明確にし、それを執拗につづけていくことではないだろうか。資源エネルギー庁は、省に格上げしたっていいくらいである。

歴史にあらわれる戦争を勉強していて痛感するのは、勝った武将はいずれも、自軍のハンディを埋めることなどは考えず、不利を有利に変えることができた人であったという一事だ。マキアヴェッリではないが、司令官に最も必要な資質は想像力なのである。不利をおぎなうだけならば誠実で地道な努力で充分だが、不利を有利に一変させるには、発想の一大転換を求められる以上、想像力しかないのだ。

インドシナだったかの石油をめぐって、われわれ日本人は半世紀前、一大失敗をやらかした。場所はちがっても同じ石油でもう一度失敗するのだけは、御免こうむりたいものである。

（一九九四年九月）

難民問題

LAMERICA（ラメリカ）と題した、イタリア映画を観た。イタリアでもシチリア島の方言で、アメリカ合衆国を指す。今年のヴェネツィア映画祭出品作品で、オリバー・ストーンの最新作と並んで下馬評が高かった作品だが、グランプリに輝いたのは無難な芸術作品。このような現象はよくあることである。

グランプリでももらっていれば日本にも輸入されたかもしれないのに、それには落ち、しかも少々テンポが遅い作品だから、日本で観ることは不可能だろう。しかし、それを残念と思うくらいに、ショッキングでアクチュアルな内容の作品だった。

要約すれば、今世紀初頭のイタリア人にとってのアメリカが、現在のアルバニア人にとってはイタリアであるという話である。舞台もすべて、現在のアルバニア。そして最後は、これだけは日本でも週刊誌種になった、こぼれんばかりのアルバニア難民を満載してイタリアの港に接近する、ボロ貨物船を映したシーンで終る。

第二次大戦後もつい最近までは、イタリアは難民に対して鷹揚《おうよう》だった。なにしろ難民たちはアメリカかドイツを目指していたので、中継地のつもりでいることができたからである。ところが、アメリカもドイツも受け入れに鷹揚でなくなったことに加え、アドリア海の対岸にある旧ユーゴスラビアやアルバニアでは、イタリアのテレビ番組が映る。これを観た人々にとっては、イタリアがアメリカやドイツになってしまったのだ。通り路どころの話ではない。終着地に〝昇格〟してしまったイタリアが、あわてたのも当然だった。

今や頼みの綱は海が荒れることのみとなったイタリアに、東からはアルバニア人、南からは北アフリカの人々という具合で、「難民」が殺到している。なにしろ北面以外は海に面するイタリアでは、防ぎようがないのだ。アドリア海を横断する費用と、着いた先の南イタリアからミラノなどの北イタリアまでの汽車のキップも含めて、その全費用は一千マルク。イタリアなのにマルク建てなのは、信用度の問題。まったく明日の食もない人の脱出なら同情しようもあるが、これだけの費用を捻出できる人が難民なのだ。そして、今世紀初頭の移民とはちがって、彼らは仕事よりも先に福祉を要求する。いかに先進国の一つであるとはいえ、イタリアにはこの人々に満足を与えつづける余裕はない。人種差別などには他のどの民族よりも無縁であったイタリア人が、少しずつ、いや本音ならばほぼ完全に、この人々を嫌悪の眼で見るようになった。人種差別は、宗教上の理由からでもイデオロギーからでもなく、ただ単に生活上の不都合から生れるという例証でもある。それゆえ、難民との距離を保つ経済的な余裕をもたない「貧しい白人」が、他のどの階級よりも先に人種差別主義者に一変する。

この映画で興味深かったのは、イタリア人が一昔前のアメリカ人と同じように行動することだった。何でもカネで解決しようとする。アルバニア人に対しての同情心には欠けていないのだが、すべてが機能しないアルバニアで何かをやるのに、札束で解決しようとするのだった。それでもなお、札束は万能ではない。長く低開発地帯であった歴史をもつアルバニアは、それに加えて最後の半世紀間、共産主義体制下にあった。札束のもつ意味の内の積極的な面ですらも、理解することを忘れた民族が、イタリアからは一晩の船旅の距離に現存するということになる。

この映画の一場面に、イタリア人の主人公が少しの間自動車を置いておいた間に、しかもアルバニア人の一人に見張るよう頼んでおいたにもかかわらず、もどってみたらタイヤが四つとも消え失せているというのがあった。それを観ながら、まるで終戦直後のナポリのようだ、と私は思った。
しかし、と、この映画を一緒に観たわが息子には言ったものである。
もしも現在のアルバニア人が、あと五十年経てば現在のイタリア人のように変れるのだったら、難民問題も、その原因である「南北問題」も、さして深刻な問題にはならずに済むのだ、と。それが深刻な問題になってしまうのは、低開発国の民の大部分に、そこから脱出する能力も意志もないという現実にあるのです、と。

（一九九四年十月）

〔追伸〕　六年が過ぎたにかかわらず、侵入される側のイタリア政府は、明確な対策も立てられずにオタオタしつづけている。反対に難民輸送側の輸送手段の進歩は目ざましく、一晩の船旅であったのが、快速ゴムボートによる三時間の船旅ですむようになってしまった。しかも、防止に立つ警察官の犠牲も増える一方。それでもイタリア政府は、難民輸送マフィアの人権を尊重する方針を変えていない。つまり、犯罪者でも人権は尊重されるべきということで、難民たちをイタリアに上陸させた後で帰途につくゴムボートを、射撃してでも転覆させるようなことはしないのだ。難民問題は、深刻化する一方である。

文化と経済

文化活動もまた、経済活動であろうか。

作家を個人事業者と見ている日本の税制では、そうとしか言いようがない。作品を創《つく》るのに必要な「経費」は、領収書を提出しないかぎり認められない。それも、提出したとしても、全額が認められる保証はない。認めるか認めないかの判断にしても、客観的な基準はない。なにしろ判断を下す税務署側たるや、税務ではクロウトでも創作行為がどのようにして行われるかに関してはまったくのシロウトなので、基準の立てようがないからである。それで、全体から見てこれ以上の額は認められないなどという、さじ加減としか言いようのない判断を下してくる。そしてその基準が、領収書だ。

しかし、文化的な活動には、勉強したりそれらをもとにして考えをめぐらせるたぐいの、

「活動」が不可欠である。ところがこの種の活動は、領収書という形になってはあらわれてこない。ということは、いかに勉強や考えることに精力や時間を費やそうと、それらは「経費」になって出てこないということである。つまり、勉強したり考えたりすることは、税制上では、やればやるだけ損、ということになる。

この結果はどうだろう。適当に書き散らしてそれらを集めて出版される書物は、一年に四万点にも達して書店からあふれ出し、こうなればもちろん売り切れず、著者も出版社も自転車操業に日々を忘れる、という結果に終る。

読者は馬鹿ではない。書物購入という形での「投資」をするに際して、その書物にどれだけ「もとで」がかけられているかの判断には実に厳しい。しかし、たとえ勉強とか考えるとかいう無形にしても経費が充分にかけられている作品には、ある程度ならば正確に反応を返してくる。ということは、出版活動とは単なる経済活動ではないという、例証ではないだろうか。ただし、「ある程度ならば正確に」としたのは、売れる本ならばすべて良書、とはかぎらないからである。

しかし、文化活動でも経済活動と同一視する日本の税制の考えかたは、文化活動全体をおおいかくすまでになっているのが現状だ。

過日、日本の大出版社が出している、日本文学の飜訳賞の授賞式に出席した。今年のそれはイタリア人の飜訳者が受賞したので、式もローマで行われたのである。

ローマ最高のホテルの大ホールを借りきって行われた授賞式とレセプションには、大使以下ローマにいる日本人が大挙招待されたのはもちろんだが、出版社側からも、社長以下のVIPがわざわざ日本から来て列席。そのうえ、この賞の選考委員であるアメリカ、イタリア、日本の文学者たちは日本に滞在しての選考を重ねたのだから、これにかかった全費用は、億にはならなくても何千万円の規模には達したにちがいない。

これで、受賞者への賞金はいくらだったと思いますか。

一万ドルである。現在の換算だと、百万円を切る。式の間中私の頭を占めていたのは、次の想いの交叉だった。

もしも仮りに、この日本一の大出版社が、売れもしない日本文学の飜訳に一生を捧げることのローマ大学の日本文学研究者に、セレモニーなどはやめて一千万円贈ったとしたら、彼女には大変に役立ったのではないか。ただし、そんなことをしていては、経済活動にはならなくなる。日本から大挙出席した出版社側も、それをすることで航空会社の収益に寄与したのである。このような経費のかかり方のほうが、経済の活性化しか頭にない日本の経済官僚の考え方にはより無理なく受け入れられ、税務の審査でもよほどスムースに認められるのだろう。なにしろ、このセレモニーにかかった費用のすべては、領収書で処理可能な「経費」なのだから。

古代ローマの税制改革を勉強していてわかったのは、税制とは、単に税の徴収のシステムではなく、その改革とは社会改革であり、改革を行うに際しての心のもちようは、政治をすることと同じものでなければならないということであった。つまり、税金とは、取りやすいところから取って済むものではなく、将来の生産につながる線上で考慮されるべきもの、ということである。

（一九九四年十一月）

〔追伸〕　六年昔に書いたことであろうと、残念ながら一行も改めるところなし。それどころか、日本文芸家協会の通知では、経費の目安さえも廃止されたとのことである。タクシーに乗れば領収書を求め、美術館の入場券も大切に保存し、書物を購入しても領収書をくれと言う〝文化人〟を眼にしても、驚かないでくださるよう。

ないものねだり、はやめましょう

他人の書いたことに文句をつけるのは年寄りになった証拠と思っているので避けてきたのだが、今回だけはそれを破る。槍玉にあげるのは、『フォーサイト』第十一号に載った「いでよ哲人政治家」と「語るべきものなき政治家たち」、そして「日本に欠けているパワー」の三論文。

まず、結論を先に言うと、これらの筆者である三氏とも、日本人が本質的にも歴史的にももっていないことを要求している。

日本には哲人政治家などはいなかったし、今もいないし、将来もあらわれないだろう。

また、日本の政治家に「言葉」などあったためしはなかった。一見あったように思える時代、例えば維新や明治の時代でも、当時の人にとっては一般教養であった漢文からくるリズムで、なんとなくありそうに聴こえただけである。あの程度で通用したのは、当時の日本が世界の列強から本気で対されていなかったという幸運によったのだった。試しに英語にでも飜訳してみてください。

そして、「パワー」。これが日本人に欠けていることに至ってはあらためて指摘を受けるまでもない。昨今の国際舞台での日本の政治家の無視のされよう、国際ビジネスでの数々の失敗、国際シンポジウムでの日本人出席者たちの無力等々が実証している。

しかし、私は三氏に問いたい。あなた方は、あなた方の提言した方法を容《い》れれば、われわれ日本人でも「哲人政治家」を生み、「言葉」をもて、「パワー」をもそなえられると、本心で思っているのですか、と。

私ならばはっきりと、否と答える。

ではなぜ、これらが日本人には「ない」のか。それは、政治家や経済人や官僚やジャーナリストにだけ「ない」のではなくて、日本人全体がもっていない性質だからである。政治家や経済人や官僚やジャーナリストは、鏡に映る日本人そのものに過ぎない。ちなみに日本のジャーナリストに、「哲学」があり「言葉」があり「パワー」があるか。小沢一郎の『日本改造計画』には政策上の重要問題点が二つほどあるが、それを問いただした政治記者は一人もいなかった。日本のジャーナリストが問題視したのは、強引であるとか何とかいう、小沢氏の手法についてだけだった。これでも日本では通用しているのは、日本の言論界が自由化されていず、それゆえに政治家や経済人のように、国際社会での無様《ぶざま》を露呈しないですんでいるからである。ジャーナリストが、政治家や経済人よりも上質なわけではない。

とはいえ、現在の日本は敗戦時以上の国難に遭遇していると思う私だから、こんなことでは絶望的との想いは三氏と共有している。しかし、努力すれば改善できると信じるほどには、人は良くできていない。

それで私も、三人のうちの御一方をまねて具体的な提案をしたい。ただし、「ないものはない」という現実に立っての提言である。

まず「哲人政治家」だが、これは「ない」ほうがよい。なぜなら、哲学とは知と善の追求だが、政治とは知と感と善と悪とのバランスをとることにある。プラトンが言ったからといって、すべてを良しとする必要はない。

次いで「言葉」だが、政治家のスピーチは官僚に一任するのではなく、専属のスピーチライターも加えることを提案する。官僚の欠点は、意志伝達の熱意に欠けることだ。その欠陥を、ジャーナリストにはいなくもない、伝達の熱意が充分な人におぎなってもらうのである。

そして「パワー」は、外国語も達者で外国体験も豊富な人たちにやってもらおうではないか。それ以外の日本側の出席者たちは、そのことはできる、とか、できない、とかだけを言っていればよい。策を考え出す人と、それを他者に伝える人の分業だ。

ただし、次の点だけは忘れないでもらいたい。

スピーチライターとは、その政治家に語るべきものがあるかないかの判定よりも、たとえなくてもあるように思わせる文章の魔力を、知っていて駆使できる人であること。人間は、口に出したからにはまじめに考えるようになることもあるから面白いのだ。

また、国際専門業の心すべきことは、外国人さえも感心するやり方で日本側の利益を守ることにつきる。自らの属す共同体の利益を守ることも忘れてはしゃぎまわる人ほど、外国人から見て醜い存在はない。

（一九九四年十二月）

武器としての言論

イタリアに利害関係がなければ、この頃のイタリアの政治ほど面白いものはない。内閣は倒れたが、倒閣の前後はことに面白かった。

イタリア人でも、「カルタ・スコペルタ」と言う。手持ちのカードは他のゲームメイトには見せないのがブリッジやポーカーだが、イタリアの政治はカード(カルタ)を見せて競うからという意味だ。

そのうえもう一つ、普通のゲームとちがう点がある。政治では、カードの数は限られていない。マジシャンのように、袖口から別のカードを次々と出してもかまわない。また、敵方のカードを奪い取って自分のものにしてもよいのだ。

カードとは、イタリアの政治では言論である。つまり、民主主義体制という緑のフェルトを張ったゲーム台の上で、舌戦を闘わせるわけだ。政治家に言葉がないどころの話ではない。日本とちがってイタリアの政界は、言葉を武器にしての戦場である。

しかし、イタリア政治がいつもこうであったのではない。イタリア人の言う「第一次共和制」、日本と比較するならば「五五年体制」の時代はこうではなかった。あの頃も始終内閣はつぶれたが、そのたびに大統領が出てきて何やら話し合い、前内閣とどこがちがうのかわからない新内閣が成立し、これもまた一年ぐらいでつぶれるということのくり返しだった。国会の解散権は、イタリアでは大統領にあるからだが、理由はそれだけではない。国会を解散して国民に意を問うことに利益がないことでは、中道左派の各党に共産党、そして三大組合に経団連とも、完全に一致していたからである。この時代の政局危機とは、これらの各勢力の一つが自分たちが損していると言い出し、それの調整のために起っただけで、おかげで内閣は始終変るのに、大臣の顔ぶれはいつも同じという現象がつづいたのである。

大企業の集まりである経団連までがなぜ、と不思議に思う人が日本ならばいると思うが、イタリア人自身が、「コンソシヤリズモ」という言葉で答えを与えてくれている。訳すだけなら「各社会層の協力主義」でしかないが、実際は、経営状態が悪化しても従業員はクビにせず、「給与補償金庫」に託す。はっきり言えば、国費で養わせる制度で、もちろんここも赤字だから、実質的には国民が経営無能の尻ぬぐいをするわけである。雇用確保しか頭にない三大組合がこのシステムに賛成なのも当り前で、こうして、左派の各党と組合と資本家の協力体制が機能してきたのだった。前回の総選挙では、経団連は元共産党の勝利を願っていたと、私は断言できる。

ところが、ベルスコーニが勝ってしまった。イタリアの国民の半数以上が、「コンソシヤリズモ」にノーと言ったからである。タンジェンテ（分け前、口銭《こうせん》）というイタリア語が国際語になってしまったほどの汚職騒動も影響したことはもちろんだが、それだけでは、マスコミの予想ではついに与党になるかと言われていた、元共産党の敗北が説明できない。長年、「協力」する「各社会層」からのけ者にされてきたイタリアの組織なき大衆が、ベルスコーニの旗の下に集《つど》った結果であるとするしかない。

というわけで、テーブルの下で「協力」することができなくなったために、勝負の舞台がテーブルの上に変ったのだ。国会、テレビ、新聞を問わずの舌戦である。これでどの党も、手持ちのカードは誰の眼にも明らかになってしまった。今のイタリアは危機にあるが、危機のあり方は民主的そのものだと、私ならば思う。

各党の委員長書記長も、こうなっては大変だ。まず、ペイパーを読みあげようものなら、それだけで軽蔑される。ペイパーもなし、背後から耳打ちする人もなしで、論理的に情熱をこめて自説を主張し、論理的に戦闘的に敵方を論破しなくてはならない。高校でも大学でも試験の半分以上が口頭試問であるイタリアでは、もうそれこそ、源平という感じの合戦になる。賞《ほ》められてよいのは、色がらみのスキャンダル攻撃と、肉体上の欠陥を笑うのがないことだ。つまり、週刊誌的でない。

この結果がどう出るかは、今の時点ではわからない。とはいえ、基本的には「コンソシャリズモ」の維持か打倒かを賭けての戦いだから、壮観ではある。

（一九九五年一月）

「有事」的頭脳

神戸の地震は、被害を受けられた方々には、まことに御気の毒なことであった。日本からならば地球の裏側になるヨーロッパでも、昭和天皇の崩御以来、日本は久びさに第一面あつかいで報道された。それも、この大惨事にかかわらず従容《しょうよう》と運命に耐えている被災者の姿を報じて、日本人は偉い、という感じの報道ばかりだったので、被災者たちが従容と耐えるしかない状態を想像できる外国住まいの日本人の心は、複雑にならざるをえなかったのではないかと思う。

それでだが、これから述べるのは、提案でなく感想である。

まず第一に優先さるべきは、死者の埋葬と負傷者の治療と被災者への対処だろう。これは、スタートは大変に遅れたようだが、やらねばならない必要は誰にもわかっているのだから、遅かれ早かれ一応の満足は得る程度には、日本人の能力と経済力があればやれるだろう。

第二は、リスクの分散を真剣に考えるべき、ということである。

関西の人たちはよく私に言ったものである。日本に最終的に帰るときは関西にしなさいよ、地震がないから、と。

これが楽観的でありすぎたのは、今や証明された。しかも、耐震技術世界一ということも、安全の保証には不充分であることも証明された。もともと技術に完璧はなかったのだが。

どうやら日本列島は、列島全体が地震帯の上に鎮座しているらしい。といっても、日本列島全域が同時に地震にやられることもないだろう。首都機能の分散をはじめとするあらゆる面でのリスク分散は、ぜひとも必要だ。効率的に見ればはなはだ不利ではある。しかし、一箇所がやられてもそこに直ちに救援隊を派遣したり復興に着手できたりするのも、他の箇所が機能していてこそやれることである。この意味での列島改造が、まじめに議論され実行に移される日が一日も早く来るのを祈るしかない。

第三は、指揮系統には平時用と緊急時用の二種があることを思い出し、緊急時用、言い換えれば戦時型の指揮系統への、日本人の長年のアレルギーを治すことである。

いち早く機能したのが、山口組とダイエーであったと聴いた。この二つの組織とも、ボトムアップ方式ではない。戦時型の指揮系統とは、誰か一人に大権が集中し、指令はすべてその人から発し、その人が全責任を負うシステムである。この型の組織には自衛隊もあるが、足枷《あしかせ》をはめられていたために即時に機能できなかったのだろう。

しかし、自衛隊にはめられている足枷も、首相官邸に即時に対策本部がつくられ、首相か官房長官が陣頭指揮に立っていたならば、いち早くはずせていたのではないか。国土庁の中にある災害対策の防災局などは、ローカルな災害に対処すればよいのであって、国家規模の災害には、各省庁を越えたところから指令を発せる、官邸が動くべきではなかったか。

役人は、先例がないと動けない。行政事務を担当するのだから、これで当然である。しかし、先の例というくらいだから、誰かが例をつくったのである。それをやるのは、政治家だ。全責任を負う覚悟もなく政治家を勤めるのでは、ヤクザの組長以下である。

感想の第四だが、今度の惨事はつくづく私に、情報について考えさせた。

情報というものは、アンテナを立てていれば万遍なく入ってくるという性質のものではないような気がする。入ってはきても、その重要さに気づく人に入ってこなければ、豚に真珠なのではないか。二、三人の死者と報ぜられた段階で、二、三百人の死者を予想する精神を、「有事」的頭脳という。有事は常に、「無事」で終るかもしれないという宿命をもつ。それゆえ、無事で終った場合の全責任も負う覚悟が求められるのだ。

しかし、「有事」を半世紀もの長きにわたって頭から排除してきたのが、社会党であった。また、自民党も「先送り」の名人だった。そして、マスコミも多くの日本人も。

被災者には、万全な保証が与えられるべきと思う。そのためには減税を中止し、消費税の値上げもくり上げたってよいと思う。しかし、今度こそ、カネで解決できること以外の事柄にも考えをめぐらせ、その面での改良に着手できないものであろうか。


（一九九五年二月）

司法と公正との間柄

昔、異端裁判や魔女狩りが猛威をふるっていた時代があった。イタリアを除いた西ヨーロッパで、中世・近世と、キリスト教の信仰こそ世直しの最良の武器と信じた人々が、聖職者を先頭に、この「仮説」とそれを証明する手段としての拷問《ごうもん》によって、世の中の「悪」を根絶しようと努めた社会現象である。イタリアだけが、北部やローマでのごく少数の例を除けば無事でいられたのは、イタリア人が、人間の尊厳と理性の尊重を説いた、つまりはキリスト教に頼ることを拒絶した、ルネサンスを生んだ民族であったからだった。

この、裁判とは名ばかりで異端審問官が立てた「仮説」がイコール判決になるような事態は、暗黒の中世ゆえの現象と反省して今日にいたっている。だがほんとうに、過去のこと、であろうか。

この頃イタリアでは、「イポーテシ」を公表し、この線で捜査すると公言する検事が多くなった。イポーテシとは、仮説、推測、憶測を意味するイタリア語である。

仮説を立てることの重要性は、私とて同感だ。だが、仮説もまた両刃《もろは》の剣《つるぎ》で、それに囚《とら》われると大変な誤りを犯すことにつながる。これは何も司法界にかぎった危険ではなく、歴史を書く私の場合でも、仮説を左手に、右手には、頭の中を白紙状態にしての史実検証という感じでバランスをとることは、物書きとしての墓穴を掘らないためには不可欠な条件と思っている。

ただし、バランスをとることは、私の頭の中にある状態でしかできない。公表してしまっては、もうそこで固まるから、以後白紙状態にもどることは至難のわざになる。私が、書くのはこの誌上での小文のみ、話すのも可能なかぎり避けるのも、公表による仮説の「固定化」を怖れているからである。検事とて、同じではないだろうか。公表してしまっては、仮説も仮説ではなくなってしまうのではないか。

イタリアで進行中の司法による世直しの熱意は、今や完全に両刃の剣と化している。ふたを開けてみたらイタリア人の半ばが「タンジェンテ」をもらっていたということが判明して、呆然となったのだろうが、個々の罪の正確な解明よりも、見せしめの傾向が強くなった。

「アヴィーゾ・ディ・ガランツィア」という言葉が氾濫《はんらん》している。日本の司法にはない言葉だそうだが、直訳すれば、「調べをはじめたという勧告」である。そのようなことは公表さるべきものなのか否か自体が問題だと思うが、イタリアではしばしば、検察がリークしたのかマスコミが探索したのか、公表されてしまう。これは、仮説を公表したと同じことである。そしてこの後、人によっては逮捕がくる。牢に入れられる理由は、証拠堙滅《いんめつ》を防ぐためだが、自白しないと牢生活が長びく場合が多い。起訴するかしないかを決めるのは、この後である。

イタリアの司法界にはもう一つ、「ペンティート」という言葉も氾濫している。直訳すれば、「後悔した人」だ。マフィアにかぎらず、汚職でもテロでも脱税でも、この「後悔した人」の証言が大変に重視される。これも両刃の剣と私は思うが、バランスをとるという理性が入りこむ余地が少なくなればなるほど、個々の罪の正確な解明よりも、熱意が幅をきかせてくるのだろう。

世直しの熱意に燃えているのは、マスコミとて同様である。情報の正確な伝達よりも、仮説にそった読みこみを伝える機関、と思ったほうがよい。

これではイタリアは救いようもないかというと、そうでもない。司法界自体が一枚岩でない。検察に敢然と食いつく勇気ある弁護士も何人かいる。新聞・テレビ・雑誌も、各派それそれが熱意に燃えた解釈を表面に出してくれるから、三、四種を見、聴き、読む労を惜しまなければ、正確なところの把握もさしてむずかしくはない。そして、最大の救いは、イタリア人の半ばくらいは、自分たちでバランスをとることを知っている点である。つまり、自己批判能力が相当に高い。

私個人としては、「調べをはじめたという勧告」を受取った人や、「後悔した人」の証言だけで起訴になった人の罪を、それだけでは信じないことにしている。「見せしめ」というのが、ほんとうに見せしめの効果を生むよりも、見せしめにした側の自己満足に利するほうが多いと、思っているからである。

（一九九五年三月）

「百パーセント病」

今朝方東京から電話があって、ある企業の広報誌で対談してくれという。普通ならば、今はローマ史で頭に血がのぼったきりですから、とでも言って断わるところだが、対談の相手が以前に一度仕事を一緒にしたことのある魅力的な人物で、話を終りまで聴くことにした。ところが、対談の時期は八月を予定しているという。八月の予定を四月はじめに組むのかと、唖然としてしまった。五月末頃ならば八月に帰国できるかどうかわかると答えたのだが、それでは都合悪いらしい。それで思い出したのだが、帰国の折りに会う予定を、三カ月かそれ以上も前に組む傾向の日本人は多いのだ。そんなことに慣れてしまったから、不意の出来事にあわてるのも当然かもしれない。帰国してから、会いたいと電話してすぐ会ってくれる日本人は、よほど若い人でもなければほんとうに少ない。いつから日本人は、予定をしっかりと立てなければ、行動もできなくなってしまったのであろう。

この頃の日本は、イタリアの新聞テレビでもしばしば取りあげられる存在になっている。地震、サリン、警察の偉い人や首相へのテロ。そして、ヨーロッパのコメンテイターはいちように言う。「日本も他の国々と同じになったようです」

ところが、日本にいる人たちと電話でおしゃべりするかぎり、九九パーセントの人が、日本も他の国々と同じになったとは思わず、日本だけがすさまじい厄年に襲われていると思っているのである。それで意気消沈し、日本の行く末どころか現在を案じて暗い想いにひたっているらしい。

だが、どうして日本人は、すべてが百パーセントでなければいけないと考えるのだろうか。百パーセントの安全も繁栄も栄達も、もともとからしてないのが現実ではないのか。同時に、百パーセントの危険も衰退も落ちこぼれも、ないのが現実である。それなのにこの半世紀、日本人は「百パーセント病」にかかり、それが崩れたゆえにわれを失ってしまったのではないか。反対に他の国々は、百パーセント達成の希望などもてなかったものだから、少々崩れてもあわてかたが軽度なのではないだろうか。

冷徹に眺めれば、日本の現状は他の国々に比べて、呆然とし絶望するほどのものではまだない。物事にはすべて両面があり、悪くても必ず良い面をあわせもつ。マイナス面にばかり眼が行ってプラス面を見ようとしないのは、成熟した大人でない何よりの証拠だ。

もちろん人間のことだから、私などその典型だが、悪い事態に出会えば絶望する。しかし、それも一時のことで、頭を少し冷やせば、つまり少し時間が経てば、悪くばかり見えた事態にも打開の道があることに気づく。

第二の打開の道は、これまでに述べた第一の道が「理」にあったのに比べ、「感」の分野に属する。つまり、このまま流されるなどは、われらが誇りが許さない、とする気概だ。現在執筆中のユリウス・カエサルで感心するのは、彼が敗北知らずの常勝型ではなく、敗れはしてもただちに取り返すタイプであったということだ。反対に、常勝タイプは、ハンニバルにせよポンペイウスにせよ、ここ一番というところで完敗する。負けるのに慣れていなかったからだと思う。

日本人も、五十年もの長きにわたって、負けを知らずに過ごしてきたのではないだろうか。おかげで、先例に従っていれば良いと確信したり、スケジュール帳が埋まっていないと安心できなかったり、不測の事態でも起ろうものなら、一国の首相が下役人同様に、なにしろはじめてのことで、などと言いわけする始末になったのではないか。

地震であろうと他の何であろうと、完璧に予知するなどは神でもやれないことである。それゆえに、起ればただちに対処でき、なるべく被害を少なくするためのシステム確立のほうを、重要視してはどうであろうか。

歴史は教えている。優れた人物とは、不測の事態への対処が出来た人であったということを。予測可能な事態への対処ならば、誰でもやれることなのだ。個人の、そして国家の価値は、不測の事態にいかに対処し、それによって生じたマイナスを、どのようにしてプラスに変えていったかで、計られるのではないかと思う。

（一九九五年四月）

穏健主義の一面

今の私は、『ローマ人の物語』の第Ⅳ巻、『ユリウス・カエサル』を書いている。書きながら、そこには書けない、少なくとも現代と比較しては書けない、諸々のことが頭をよぎる。その一つが、人々のもつ中道、穏健、良識に対する、どうしようもない偏愛だ。中道、穏健、良識等は、平時ならば、尊重するに値する人智であることは認める。しかし、有事になってもそれにとりすがって離れようとしないのは、良識ではもはやなく、思考の放棄ではないかとさえ思う。

マキアヴェッリを書いていた当時も、この問題は私の頭の中にありつづけた。マキアヴェッリの思想なり提言なりが、同時代の中道、穏健、良識派から総攻撃を受けたからである。マキアヴェッリ自身も、自分は有事の思想家だと言って、これらの人智を嫌った。

カエサルは、嫌ってはいない。政治思想家のマキアヴェッリとはちがって、彼は政治実践家である。政治は、味方に頼るばかりではできない。敵は無理でも、中間派を味方に引き入れないとできない。彼は、ルビコンを渡ることによって、それを可能にする権力を手中にする。だが、マキアヴェッリは一生それをもつことができなかった。

とはいえ、この二人は、次の一点で完全に共通している。外科手術をすれば何でも治るわけではないが、外科手術をしなければ治らない病気がある、と考えた点において、共通していた。

現代イタリアの政界で真に力をもっている政治家は、元共産党の書記長ダレーマと元ファシスト党総裁のフィーニである。二人とも四十代。国際政治の場でも完璧に、とくにフィーニは完璧にやっていける器である。イタリアの有権者も、それは充分に認めている。政治家の人気投票でも、フィーニは一位、ダレーマでも三位以内には常に入っている。

だが、この二人の実力者は、首相候補にはなれないのがイタリアの現状だ。元共産党は「左翼民主党」と改名し、元ファシスト党も「国民同盟」と改名して、〝足を洗った〟ことを明らかにしている。また、〝足を洗いたくない〟人々は、「再建共産党」と「ファシスト党」

を結成して、かつての同志とはたもとを分ったことを明らかにしている。にもかかわらず中道、穏健、良識好きが、ダレーマ、フィーニ率いる二政党に疑いを捨てきれないのである。その結果、どうなるか。左も右も、中道を取りこむのに懸命になっている。

中道であることを唱えて共産化阻止の一事で票を集めていた、かつての第一党であったキリスト教民主党は、社会党とともに大汚職事件で、五十年間のイタリア政界を牛耳ってきた有力政治家は軒並みに失脚、党自体も得票率一〇パーセント以下に落ちてしまった。イタリア人の、政界の顔ぶれ一新への期待の結果である。有力政治家の復帰は、おそらく無理だろう。だが、その人々に寄生して甘い汁を吸っていたキリスト教民主党系の人々は、なんと、一掃どころか復帰しつつあるのだ。イタリア人の大多数の中道、穏健、良識への偏愛に乗って。右も左も、選挙に勝つためには、自派の人材を表面に立てるよりはキリスト教民主党系の人のほうが、有権者が安心すると見たからだった。

今では「民衆党」と改名した旧キリスト教民主党系の人々に、人材まったく無し、と言っているのではない。しかし、皮袋は新しくなってもその中に入れるのが古い葡萄酒では、一新ではないではないか。ただ単に、入れ物を新しくしただけの政治が、イタリアを欺《あざむ》きつつある。そして、イタリア人も、マスコミも好む中道、穏健、良識こそが人智であると思うことによって、欺かれつつある。

「冷戦体制が崩壊したことによって、右からも左からも中央に近づくことが許されるようになった今のイタリアに、中道の存在理由はない」と喝破したフィーニも、こうつづけざるをえなかった。

「イタリアではあと十年は、中道（チェントロ）が首相の座を占めつづけるだろう」

（一九九五年五月）

〔追伸〕　一時期ダレーマが首相の座についたが、地方選の敗北という国政上では理由にならない理由をあげての中道からのゆさぶりに抗しきれずに去り、沖縄サミットに出席したイタリアの首相は、「中道」と目されているアマートである。中道ないし穏健とは、改革を断行する勇気のもてない臆病者たちの、隠れみのであることが多いという例証であろうか。

一神教の「影」

古代ローマを勉強していると、キリスト教嫌いになったギボンではないが、人類にとっての諸悪の根源は一神教ではなかったか、と思うようになってくる。

信仰の自由は、誰にでもある。だが、信仰を強いる自由は、誰にもない。私は、信仰をもつ人を軽蔑もしないし嫌いもしないしそれを認めるにやぶさかでないつもりだが、宗教を信仰する人がしない人より上等に出来ているとは思わない。私自身は信仰をもたないが、もたないことに劣等感をいだいたことは一度もない。

ところが、一神教の立場に立つと、もたない人は真理に目覚めない哀れな人になってしまうのである。それで、布教とか折伏《しやくぶく》とかして、真理なり信仰などに目覚めさせようと、もたない者からすればお節介な努力をしてくれることになる。なにしろ、一神教では、それを信ずる者と信じない者は平等でもないのだから、ナチの強制収容所ではないが、労働は精神を自由にするというわけで、強制的に収容することで精神を自由にしてくれようとするのだろう。

イエス・キリストにはそのようなつもりはなかった、とするのも、聖書を一読するだけで誤りであることがわかる。イエスは、人はみな平等だ、と言った。だがより正確には、人はみな、社会に占める立場の如何にかかわらず信ずる神の前には平等である、と言ったのである。言い換えれば、信ずる神がちがえば、または信ずる神さえもたない人とは、平等ではないということだ。つまり、私とキリスト教徒とは、人間として平等ではないのである。

それでは具合悪いではないですか、と思いはじめた人々がいて、その最初はルネサンス運動である。神よりも人間を直視することから起った精神運動だから、疑問をもったのも当然の成行きだった。

ところが、ルネサンスとは、合理的な商人とそれに援助された知識人たちの起した運動である。彼らはさっさと古代にもどってしまったので(精神的にしても)、この問題から超越するのも簡単だった。なにしろ、作品創作上の精神の自由さえ、回復できればよかったのだから。その間、庶民の間ではやはり、一神教が生きつづけた。

時代を経るにしたがって、それでは具合悪いではないですか、という想いは、より一般的になる。それを反映し思想化したのが、啓蒙主義である。人間尊重のルネサンス精神も、個人から全体に広まりはしたわけだ。啓蒙思想によってはじめて、社会に占める地位にも関係なく信仰にも関係なく、人はみな平等である、となったのである。キリスト教の下でも生きつづけていた奴隷制度が、完全に廃止になったのもこの時代からであった。それまでは、信仰をともにしない人々の奴隷化は、悪いこととはされていなかったのである。人類ははじめて、進歩したように見えた。

ところがどっこい、一神教の伝統までは死ななかったのであった。今度は、自由、平等、博愛である。私は以前、「フラテルニテ」を博愛と訳したのでは真意を伝えていないから、同志愛か、でなければ友愛とでも訳すべきではないか、と書いたことがある。なにしろ、志(こころざし、ないしは、思うところ)をともにする人々の間での愛、であって、ともにしない人々は対象外なのが、「フラテルニテ」なのであるから。一神教は、そんなに親切ではないのである。それに、ユダヤ教以来、しぶとさでは五千年の歴史をもつ。

私個人は、無神論者ではない。神がいないと断言できる人間は、一人としていないと思っているからである。それに、神々の像を一列に並べた後に名のない神像をつけ加えて、それには「いまだ知られざる神に捧ぐ」と銘《な》づけた、古代のアテネ人の謙虚さぐらいはもち合わせていたい。というわけで、健康管理もしなければスポーツもやらず、煙草だって喫いながら、せめては古代ローマ史を書き終えるまで生かしてくれませんかと、古代ローマ三十万に日本の八百万《やおよろず》まで加えた神々に、お願いしているというわけである。

でもまあ、あまり自分がまちがっているとも思わない。なにしろ、ボスニア・ヘルツェゴビナからパレスティーナ、アルジェリア、北アイルランドと、問題が起こるのは常に一神教のところではないですか。真なるものは我にあり、という盲信くらい、はた迷惑なこともないのです。

（一九九五年六月）

挙国一致内閣

今日、七月の三日、仕事を終えてお昼のテレビニュースを見ていたら、その最後のほうで、東京で地震が起ったと報じていた。死者なし、たいした被害もなし、とは報じていたが、それ以外のくわしいことはわからない。それにしても今年ほど、イタリアの新聞でもテレビでも日本が話題にのぼった年はなかった。まだ今年は、半ばが過ぎただけなのに。それに、日本からのニュースは、海外に住む日本人をひやりとさせるものばかりである。それで、その日本が一つでも安定するものがもてないものかとの願いをこめて、あることを提案したい。

挙国一致の政府をつくっては、どうであろう。政局だけはせめて、安定させるために。

この政府は、すべての政党の参加を原則とする。参加したくない党はしかたないが、共産党も、お望みならばけっこうとしよう。

この政府の任期は、二〇〇〇年までの五年間。その間に、選挙はなし。議席を保証するのだから、議員たちには、選挙区への利益誘導政策などは忘れてもらう。そして、五年の任期の切れる二〇〇一年からは、現在のように数多《あまた》の諸政党に分れての政争は解禁となる。

挙国一致内閣の政策は、国土安全と経済再建のみとする。なぜなら、日本ほどの国になれば、この二大政策も国内だけで処理するのでは解決できないから、ごく当然の勢いで他国とのかね合いも忘れるわけにはいかなくなる。ゆえに、一国主義の弊害は心配する必要はない。また、行政改革、規制緩和、税制改革、教育改革等々の重要事も、この二つのどちらか、それとも二つともにかかわってくるから、政策はこの二つで充分なのである。

二つとしたのは、これが目的で、他はすべて手段であるからで、目的と手段のちがいを明確にするためである。日本が混迷しているのは、手段の目的化を起していることも一因なのだから。それにこの二つだと、諸政党に意見の差が生じにくい。せめて目的だけでも一致させようではないか。そして、意見のちがいは、手段にすぎないものに関しての、それもどう進めるかのちがいにすぎないのだという事実を、国民の前に明らかにするのである。

そして、政府は、一年ごとに、首相も大臣も総交代する。誰が首相になるかは、古代のアテネのように抽選で決めてもよいくらいだが、まじめな日本ではふざけていると思われる危険があるので、得票数の多い政党が機会を多くもつのが順当だろう。ただし、条件はある。首相だけは、これまでに未経験の人にかぎること。

挙国一致内閣とは、立法、行政、司法の三権分立のうち前二者が、分立しないで合一するということだから、国会議場での反対は許されない。政策を採決する段階でも、全議員が賛成票を投ずる。政策化の途上で意見を述べることは自由だが、いったん決まったら一致で行くこと。これが、五年間議席を保証されることへの代償義務である。

外政だが、前記の二大政策以外に、わざわざつけ加えるまでもないと思う。安全保障は国土の安全に入るのだし、外国との経済関係は日本の経済再建と連動せざるをえないからである。またＰＫＯも問題多々あるのが現状だから、このことへの対応をはっきりさせる必要も今のところない。

こんなところで、どうであろう。政治家たちの悪口を言うばかりでなく、官僚を非難するばかりでもなく、マスコミも建設的になり、一億が共同して明日に向って立ってはいかがなものか。

挙国一致なんて戦前を思い出すから、近隣諸国の反応が心配だ、と案ずる必要はない。国土の安全と経済の再建のための挙国一致では、他国も文句のつけようがないと思う。
日本の現在の混迷は、戦後の五十年間、プラスでありつづけてきたものがマイナスに変ってしまったものだから、国を挙げて動転している結果である。このようなときは、小手先の改良に努めるよりも、いっそのこと思いきって、機構そのものを変えたほうがよい。そのほうが、気分が一新する。今の日本人に必要なのは、能力の開拓ではなく、気分の一新にすぎない。

（一九九五年七月）

〔追伸〕　と言ったって、書くことは何もない。挙国一致内閣ができていたとしたら最後の年になるはずであった、二〇〇〇年は今年である。この二〇〇〇年にできた森内閣の政策は、あいも変らずの経済再建。この五年間の日本は、何をしてきたのであろうか。

世界の現実

昨夜、八月五日、ヴァティカンで催された音楽イベントに行ってきた。第二次大戦終了五十年を記念して、戦没者の鎮魂と世界恒久平和を祈願する集い、と銘うったものだ。日本でもNTVで八月十四日に放映するそうである。ジャズありポップスありクラシックありというサラダ様式は私の好みではないが、音楽を聴くのが第一目的ではないから、多趣向ミックスもやむをえないのだろう。ヴァティカンが会場になったのも、現法王が執拗に戦闘状態終結を訴える方だから、これもまた、西欧でこの種の集いをするとすれば最も妥当な場所にちがいない。

しかし、平和祈願の集いに出かける身仕度をしながら私が観ていたのは、クロアチア軍の進攻を告げるテレビのニュースだった。そして会場では、ヴェルディ作曲の『レクイエム』

を聴く人びとの右前方の巨大画面に、戦場、虐殺、原子爆弾の被爆者、昨年までに広島で死んだ被爆者の数、南京虐殺の場面等々が映し出されたのである。

聴衆の心の内はどうだったのだろう。ヴェルディの『鎮魂曲』を聴きながら、死者の魂の救済と恒久平和を祈願したのか。それとも私のように、出かける前のテレビニュースを思い出しながら、戦争とは、二度とくり返しませんと言えばしないですむ「過ち」なのか、もしかしたら「人間の本性」ではないのかと考えながら、暗い想いに沈んだのであろうか。

日本では、旧ユーゴスラヴィアで起っている戦争状態については、ほとんど報道されていないと聞いた。遠く離れた地で日本とは直接の関係が薄いからだと思うが、ボスニア問題くらい西欧人の心を暗くしている事件も少ないのである。彼らは、フランス革命以来自分たちが打ち立てた人権思想と、キリスト教の普及以来疑いもしないできた宗教心の双方が、音を立てて崩壊しつつあるのを感じているからである。

法王ヨハネ・パウロ二世も、戦争状態終結を訴えつづけながらも、人智の崩壊だと言っている。人智とは、西欧式の人智を指していることは言うまでもない。そして、ついには、防衛のために起《た》つことは悪ではない、とまで言いはじめた。眼には眼を、歯には歯を、のユダヤ教とはちがって、キリスト教は、打たれたら打たれない頬を差し出すはずであったのだ。法王もよほど絶望したのだろうと同情するが、これでは宗教の崩壊である。そして、この法王の言葉を自分たちの都合のよいように解釈したのが、セルビア人とはちがってカトリック教徒であるゆえに、ローマ法王に従わねばならないはずのクロアチア人。彼らがまず、戦争を再開したのである。

しかも、ここが最も皮肉なところだが、国連の仲介も役立たず、西欧諸国が派遣した「平和維持軍」も役立たずの旧ユーゴスラヴィアで、もしも平和が再復されるとしたら、それはクロアチア軍の断固とした軍事行動によるのではないかと、人々は口には出さなくとも心中では思いはじめたことであった。

ボスニア・ヘルツェゴビナ紛争は、人智による話し合いでの解決を信じてきた人々に、見たくない現実を突きつけたのである。

一、アメリカ合衆国が断固として介入しないかぎり、国連軍にもNATO軍にも紛争解決は不可能という現実。

二、ただし、アメリカにはもはや、世界の安全保障に自国人の血を流す決意がないこと。

三、冷戦時代は大国のエゴと非難されたが、まだしもあの時代はエゴでも大国の意向ははっきりしていたのが、今ではそれさえも明確でないという混迷状態。
四、ナチス・ドイツとともに葬り去ったと思っていた異民族、異宗教、異文明の民への非寛容が、不死鳥のごとく眼前によみがえったことへの絶望感。原子爆弾はまだしも、あれ以後は二度と使われていない。だが、非寛容な人間の精神は、この五十年、形を変え場所を変えて生きつづけたのである。

日本人にとっても、対岸の火事ではない。西欧の論理は危機に瀕してはいても、それに代わる概念をどの民族も出していない。支配的論理不在の状態は混迷でしかなく、混迷は、日本人にとっては最も不得手な状況なのである。

（一九九五年八月）

動機、について

「どれほど悪い事例とされていることでも、そもそもの動機は善意によるものであった」

右の一句は、ユリウス・カエサルの口から出た言葉である。これを私は、マキアヴェッリを勉強中に知った。マキアヴェッリは『政略論』の中でそれを引用し、人間性の真実を映して比類なし、と評していたからである。当時の私は、マキアヴェッリが、もしも若死にしなければイタリアの混迷に解決策を与えることのできた人物と評したチェーザレ・ボルジアを執筆中だったから、三十歳にも達していない時期だった。カエサルの右の一句を知った私は、自分の眼の前のヴェールが取り払われ、すべてが明確に見えるようになった喜びで、身体中がふるえたのを思い出す。

今風に言えば、キーワードであろう。若い頃の私が学んだ時代遅れの、とはいえ古典的ではある教養では、仮説と呼ぶ。すべての現象が解明可能になるたぐいの、立脚点とでも言ってよいものだ。カエサルの言葉は、三十歳からの私の「それ」になった。

なぜなら、人類はなぜ性懲りもなく同じ誤りをくり返すのか、と考えあぐねていた私を、少なくとも考えあぐねる状態からは救い出してくれたからである。人類は、これまでの長年の「誤り大全」としてもよい歴史を学ぶ一方で、あいかわらず誤りを犯しつづけているが、それならば歴史などは必要ないのである。そう思って悩んでいた歴史好きの私に、明快な解答を与えてくれたのがカエサルだった。

そうなのだ、と私は思った。そうなのだ、動機の正否などは関係ないのだ。動機ならばみな、善き意志の発露だからだ。問題は、その善き動機が、なぜ悪い結果につながってしまうか、である。

人類が歴史から学ぶことがいっこうにできないのは、動機を重視するからである。動機の正否にこだわるあまり、その動機が結果につながる過程への注意を怠ってしまうからである。

具体的にはどうか。

ヒトラーやスターリンや、今ならばサダム・フセインやミロセヴィッチは、そしてかつての日本の軍部は、もう悪と片づけられて一刀両断の評価を受けている。その証拠に、彼らの悪行を裁くことしか考えず、二度と彼らのような大悪人が権力をもてる状態を再現させてはならない、という結論に落ちつくのが常である。

しかし、ユリウス・カエサルの論法ならば、ヒトラーもスターリンもフセインもミロセヴィッチも、日本の軍部も日本の帝国主義者たちも、動機ならば善意であったということになる。やり方ならば各人ちがったが、いずれも国を憂う心情では同じであり、彼らの悪行も、憂国の情に突き動かされての「結果」にすぎなかった、ということになる。

問題は、だからあくまでも、彼らの善意がなぜ悪い結果につながってしまったのか、ではないだろうか。その解明なしには、問題の真の解決にはならないのではないか。つまり、この方面に人間の知性と努力が向けられないかぎり、歴史はあいかわらず、人類にとっての無用の長物でありつづけるのではないか。そして人類は、あいもかわらず誤りをくり返す、ということから卒業できない。

私の作品では、正義という言葉は、反語としてでもないかぎりは使われていない。私が、非正義の対極にある正義なるものを信じないからである。私の書く人物には、単純な悪人はいない。私が、泥棒とかの刑事犯を書かないこともある。

私の登場人物たちは、善人であると同時に悪人である。ただし、その中でも私が積極的な評価を与える人物は、自らの内に巣くう善と悪のバランスをとり、この矛盾する二つの意志のもつパワーをバランスをとることでかえって大きくし、それを善き方向に発揮することのできた人である。

前記の「悪い事例」とされている人々は、ある時期を境にして、バランス感覚を失ってしまった人々ではないのか。

現在の日本には大人物がいないと、マスコミをはじめとして誰もが嘆く。だが、動機の正否にこだわっているかぎり、大人物などは生れるはずがないのである。


（一九九五年九月）

ユリウス・カエサル

歴史物語を書くようになってから、三、四年が過ぎた頃であったろうか。だから、まだ私も三十代の前半だったと思うが、歴史上では二人だけ、名をそのまま表題にしようと決めた人物がいた。本の表題はその人の名だけで、副題もなければ何もなし。そして内容も、月並な伝記そのままに、生れたときから死ぬまでを書く。

レオナルド・ダ・ヴィンチとユリウス・カエサルの二人である。きわめつきの天才だからこそ、月並にも耐えうるのである。そして、この月並なやり方で書くことこそ、書き手である私の側からの、彼らへの敬意の表われであると考えた。

レオナルドを書くのは、『人びとのかたち』に書いた理由であきらめた。意を伝えるには文章よりもデッサンに頼ったこの人の胸の想いを追うには、数多の彼のデッサンを「読む」

力がなくてはならない。その能力は、私にはなかった。だが、私の考えた方法でレオナルドの生涯を書く人はいないであろうから、あきらめはしても無念とまでは思わない。

それで残ったのが、カエサルである。この人について書かないかと言われたのは、これまでに二度あった。最初は三十代の半ば頃。朝日新聞の出版部からで、私は即座に答えた。「三十代で書ける男ではないのです」。二度目は文藝春秋社からだった。そのときの私の答えも否。理由は、「ローマ史を書いていくことでしか、書けない人なのです」

そうこうするうちに、月日も過ぎていった。私のほうも、ルネサンスを終えていよいよローマ入りである。とはいえ建国から筆を起すのだから、カエサルにたどり着くまでには日もあれば書くこともある。それらを書きながら驚いたのは、カエサルという男は、彼自身は生れてもいない数百年も昔のローマ史をあつかう研究者たちの著作中でさえも、何かと名が出る人だったのである。ローマ史を書いていく中で書くと決めたのは正解だった。ただし、彼の名が出てくるたびに私の胸がドキドキするようになり、昨年あたりからは、もうこれ以上書くのをのばしたら私のほうが自爆する、と思うまでになった。

それが今、書き終えつつある。「ルビコン以後」とした第V巻の原稿の、推敲《すいこう》中なのだから。

まったく、気が狂ったと言うしかない十カ月だった。一月一日に書きはじめてから、話せる人が訪ねてきてつい深酒し、翌日仕事にならなかった二、三回を除けば、日曜もなしに書いたのである。

元旦を仕事始めにするのは、古代ローマの慣例のまね。日曜日も休まなかったのは、日曜休日はキリスト教の慣習であって古代ローマにはないから。それに、午前中の五時間しか机に向わないのも、ローマ人のまね。軍団の行軍だって、通常のノルマは五時間だったのだ。といって、古代人が休日にした神々の祝祭日にならば休んだわけではなかった。そこまでまねしては、アナクロニズムである。それに、プルタークも賞《ほ》めた「勤勉なカエサル」が私の相手だった。こちらもつい、勤勉になったのだった。

日曜もなく仕事しても疲れなかったのは、面白かったからである。書く作業が面白いのではなくて、書く対象が面白かったのだ。なにしろ、飽きることのない男でしたね。何でもやってくれ、しかも愉快にやってくれる男だったから、書きながらもくすくす笑ったり、「まったく、あなたって人は」とあきれたりで、退屈する暇もなかったのである。もちろん、まじめに厳粛にペンが進むことも多かったけれど。

机を離れれば正常にもどるかというと、やはり尾を引いているらしく「塩野さん、ハイですね」と言われる始末。ハイとは何かと聞いたら、ドラッグを吸った状態だという。これには反省し、まっとうな考えの人とはなるべく会わないようにしたのである。

この間の私を力づけてくれたのは、マリア・カラスの歌うオペラだった。他の人ではだめだった。彼女と私の共通点を求めれば、常軌をいっした感情移入、というところか。

大変ではあったけれど、幸福な十カ月でもあった。私は、史上まれなるスゴイ男と、ともに生きたのだった。

（一九九五年十月）

〔追伸〕　これが掲載された直後に、女の読者からの葉書が届いた。そこには、なんたるのろけ、と書いてあった。私は笑ったが、こういうのがのろけと言うのか、とも思ったのだ。だが、のろける権利も、なくはなかったと思っている。

年に一度の帰国は、私にとって、愉しみを越えた心の支えになっている。ただしそれには、航空機を使うしかない。ヒコウキは、落ちる可能性ゼロではない。そして、落ちようものなら、生存の可能性はゼロである。ルビコン川を渡ったところにカエサルを残したままでは、死ぬにも死にきれなかった。それで、年に一度きりの帰国のほうを犠牲にしたのである。そして、ローマに残って第Ⅴ巻を書きつづけたのだった。

おかげで第Ⅳと第Ⅴの巻はさしたる間も置かずに刊行できたのだが、それを読んだ友人の一人が言った。

カエサルについてあゝも書ききったら、その後は書けなくなるのではないか、と。それに私は、次のように答えた。

「大丈夫です。登場人物を自分に引き寄せるのではなく、私のほうが彼らのところに行くことにしていますから」

というわけで、カエサルの後はアウグストゥスのところに、その後はティベリウスやネロのところに行くという日々を重ねている。なんとなく、一年ごとに、いや最新作の第Ⅸ巻では三人の皇帝をあつかっているから一年に三人になるが、巻が変わるごとに別の男たちのところを歴訪しているような想いになる。女としては、悪くない生き方だ。

それでも、書き終えれば忘れてしまえる人物と、再訪の必要がしばしばある人物のちがいはある。ユリウス・カエサルは、後者の代表格である。それを示す、例を一つ。

ローマ帝国にとってのユダヤ問題にはどの皇帝も頭を悩まされるのだが、この問題へのカエサルの洞察の深さが、彼を書いていた当時の私には読めていなかった。それが、ユダヤ民族のディアスポラ（離散）を強行したハドリアヌス帝を書く段になって、はじめて理解できたのである。もしもカエサルが、暗殺されずに彼の政治が定着するまでの期間生きていられたとしたら、その後のローマとユダヤの関係はちがった方向に進んでいたのではないか。その結果ハドリアヌスも、ディアスポラを強行せざるをえないまでに追いつめられることもなかったのではないか、と。

第Ⅲ巻の巻末に、第Ⅳ巻のカエサルの登場を暗示する目的で、歴史家ブルクハルトの一文を引用している。それを、ここでもう一度紹介したい。

——歴史はときに、突如一人の人物の中に自らを凝縮し、世界はその後、この人の指し示した方向に向うといったことを好むものである。これらの偉大な個人においては、普遍と特殊、留まるものと動くものとが、一人の人格に集約されている。彼らは、国家や宗教や文化や社会危機を、体現する存在なのである。危機にあっては、既成のものと新しいものとが交《ま》ざり合って一つになり、偉大な個人の内において頂点に達する。これら偉人たちの存在は、世界史の謎である——

「ローマが生んだ唯一の創造的天才」とは、ヨーロッパではギボンと並び称されるモムゼンのカエサル評だった。このカエサルを、独立した伝記としてではなくローマ史を書いていく中でとりあげると決めた私のやり方は、何よりもまず、書く私にとって役に立っているのである。

インタビュー

韓国で私の作品の飜訳が出版されるので、朝鮮日報の記者のインタビューを受けた。インタビュー嫌いの私も、わざわざローマに来てくれたし、韓国でははじめてだし、というわけで受けたのである。

印象的であったのは、記者の質問の質の高さだった。まず、日本と韓国の問題について何一つ質問しなかった礼儀には感心した。ほんとうは当り前の礼なのである。出版の第一陣は『ローマ人の物語』のⅠとⅡ巻に『男たちへ』の三冊だから、第二次大戦時代の日本の韓国へのやり方の正否について、などと質問されては私も困ってしまう。

それから、これも当然の礼なのだが、私の作品をきちんと読んでいることも印象に残った。日本で私が、新聞雑誌やテレビのインタビューを嫌うのは、質問する側が読んでもいないで質問するからである。雑誌でも編集者がインタビューする場合は読んでくるが、フリーランサーなる人々を送ってくるともう絶望。作品を読んでいず、編集部から渡された質問事項を口にするだけの人が多い。こちらも、仕事と母親の両立などという色気のないことを質問され、答える気も失せるというものである。でなければ、日本の現状にどう役立つと思うか、である。そして、いわゆるキャスターなる人種は、ほぼ百パーセント読んでいないで質問する。

作家が、自分の作品を読んでいない人の質問に答えるのは、画家が、絵も見ていない人に向って自分の絵を説明するようなものである。私がインタビューを受けなくなったのも、自分の作品を「説明する」のが嫌になったからだった。

といって、同情しないわけでもない。フリーランスの人たちはきっと、何でも引き受けざるをえないのだろう。私にインタビューに来る前に、テレビタレントにインタビューしていたのかもしれない。キャスターも、私の作品のような部厚い本を読む暇はないのだろう。

だが、あいもかわらず、イタリアに興味をもったきっかけは何か、などという質問を、十年一日のごとく向けられる身にもなってほしい。処女作当時ならばいざしらず、作品を読む労を惜しむから、読まなくても浮んでくるこの種の質問ばかりを発することになるのだと思う。

一方、李翰雨記者の質問はちがった。作品に基づいて質問してくる。こちらも、剣を受けるが想いできちんと答える。質問事項をくわしく述べるのははぶくが、インタビューの終りに私も、つい言いましたね。「今日のような高水準のインタビューは久しぶりに受けました」と。

ただし、問題がなかったわけではない。八〇年代に学生運動をやったというから、六〇年代にやった私とは段ちがいに若い人である。若いから、日本語を解さない。それで、ローマ駐在韓国大使館に勤めるという、通訳を介してのインタビューだったのである。となると、イタリア語だ。私がイタリア語で答えるのを、韓国語に訳す、という筋道を通る。いかにイタリア語に慣れていようと、私にも通訳氏にもイタリア語は外国語だ。互いに外国語を介してというのは問題でもあったが、質問の水準の高さがいく分かは欠陥をおぎなえたのではないかと思う。

韓国で飜訳が出ることになったのは、彼の地でも西欧を知る必要があると思ったからだという。それに適した作品を探していたら、何のことはない、すぐお隣りにあったというわけだ。ハンギル社が出版元で、社長がローマに来ての依頼だったが、私は、訳者はどういう人たちか、と聞いた。なにしろ私のほぼ全作品を飜訳するのだから、訳者も一人ではできない。金社長の答えは、半ばはこちらで選ぶ、残りは、作品をもってきて、ぜひこれは韓国でも出版すべきだ、と言った人に頼む、ということだった。私は即座に、イエスと言った。

韓国版に寄せた、著者序文の要旨は次の一事につきる。つまり、

――韓国と日本は、自分たちのことばかり話題にするからケンカするのです。もしも第三国の、しかも遠い昔の第三国を話題にしたとしたら、意外と同意見になるかもしれない。私の作品が、それを日本語で読んだ日本人と、韓国語で読んだ韓国人との間で対話が成り立つ素材になるとしたら、これ以上の喜びはありません――。

（一九九五年十一月）

葡萄酒

人が訪ねてきて夕食をともにする場合、イタリアには長いのだからと葡萄酒の選択をまかされると困ってしまう。

知らないわけではない。飲まないわけでもない。一、二杯ならば、〝晩酌〟はするのだから。往年のテノール・藤原義江の言というが、次の一句が気に入っている。

「金魚じゃないんだから、水飲みながらでは食事もできないでしょう」

ならば、ワインリストにくわしいかというと、グルメ風にはまったくくわしくない。葡萄酒好きの規準と私の規準が、重なり合うときもあるが合わない場合も多いからである。

今現在口を開けている一本は、イタリア中部のトラジメーノ湖近郊の赤である。相当に濃厚だが、名酒かどうかは知らない。それを私は、あの湖畔でハンニバルに騙《だま》し討ちに合ったガイウス・フラミニウスを、かわいそう、なんて思いながら飲んでいる。

この前に冷蔵庫に入っていたのは、南イタリアはカラーブリア地方の白、チロだった。古代も紀元前の古事につながることでは同様だが、こちらはギリシアのオリンピア競技の優勝者に供された、いわゆるオリンピック御用の酒である。となれば私も、彫像でおなじみの完璧なる裸体美を思い浮べながら味わう、ということになる。

名が気に入って、という場合もある。北イタリアはコモ湖近郊の葡萄酒だったと覚えているが、インフェルノという名のワインがある。地獄、なんていいじゃないのというわけで、私の関心をひいたのだった。もちろん赤で、悪くない酒だった。

キリストの涙、というのも、名前で飲んだ酒である。赤も白もあるが、白が良い。ただ愛好酒にならなかったのは、キリストの流す涙を始終口にするには、私が非キリスト教徒でありすぎたのだった。

誰か文人が愛好した酒というので、文人の端くれとしてもここは付き合わねばと、飲んだワインがある。

ヘミングウェイが好んだワインはどれも、意外と淡白なものだ。ウィスキーのような強い酒が好きだった彼にすれば、イタリアのワインを飲むことは、単に酒を飲むことではなく、イタリアの文化を飲むことであったのかもしれない。となると、ヘミングウェイのイタリアは、私のイタリアとちがって淡白だったのだろう。

古代の文人ホラティウスの愛した酒となると、大変に強烈な赤である。これを私は、古代の人々が飲んだと同じやり方で飲む。つまり、水わりですね。

ただしこれも、水道の水やびんづめで売っている銘水では割らない。現代のローマの水道の水はカルキか何かがやたらと入っているひどい水で、水滴が散ると跡が白く残る。ところがローマの都心部では、水道でも井戸でもない水が豊富なのだ。

十七世紀のバロック様式が花開いた時代に、動的なバロックにふさわしい噴水が多くつくられた。それで当時のローマを支配していた法王庁が、古代には活躍したが中世になるや遺跡と化していた古代ローマ時代の水道を、一本だけ復旧させたのである。ローマに数多くある噴水への、給水が目的だった。また、噴水だけでなく、街角ごとにも給水したのだ。今でもローマの都心部のあちこちに、四六時中ジャージャー流れている水がそれである。トレヴィの噴水と、水の出所は同じだ。

わが家の前の通りにも、この種の水道が口を開けている。消毒していないから危いというが、何もこの水だけを飲んでいるのではない。強い葡萄酒を割るときと、日本茶を飲むときに限る。というわけで、古代風に強いワインを割るときは、水も古代風なのが私の流儀。
しかし、これでは我流もよいところで、他人に押しつけることはできないのはわかっている。それで、ワインリストを渡されても、選択はなるべく他の人にまかせてしまう。同席者にウンチクをかたむけそうな人がいれば、その人に。いなければ、レストランの人間でわかりそうな人に。ただし、一度ぐらいは推《すす》めてみたい。ホメロスが歌った地中海のような、官能的な葡萄酒を飲んでみませんか、と。

（一九九五年十二月）

民主主義の新解釈

有権者やマスコミの側からの政治家への不満は、有権者と政治家との関係を正しく把握していないことから来るのではないか。

政治家は、権力を手中にするやそれにしがみつくことしか考えないとか、日本を誤った方向に導いてしまうのではないかとか、不信という一語でくくってもよいかと思われる精神状態である。私は、これは一種の過大評価ではないかと思う。

有権者と政治家との関係は、思うほどは政治家が強くなく、また硬直した関係でもないのではないか。私ならば、黒澤明監督の名作『七人の侍』を思い起すよう勧めるだろう。

代議員制というのは、自分ではできなかったり、やる暇もないことを、他者に託す制度である。野盗に手こずっていた百姓たちは、その撃退を七人の浪人に託す。浪人たちは、腹いっぱいの米の飯と交換に引き受ける。

それで侍たちは失業中の身であることを自覚し、適度に野盗を撃退しながらも徹底的には撃破しない、つまり百姓たちに浪人をかかえておく必要を感じさせる状態をつづけるならば、彼らとて討死することもなく、米の飯も食べつづけられることになったろう。

ところが、侍たちには、百姓を訓練したり撃退の策を練ったりしているうちに、サムライの血がよみがえってくる。結果は、徹底的な撃破。ゆえに、七人中四人の討死。そして、生き残った三人も、もはや用済みとて、百姓たちによってお払い箱にされてしまう。

野盗はいずれ、新しいのが襲ってくるだろう。だが、米の飯で釣れる浪人は常にいる。新規の野盗には、新規の侍を向ければよいのである。これが、百姓の智恵なのだ。

百姓は有権者であり、七人の侍は政治家と考えてはどうだろう。何かをやってもらって、その後は死ぬかお払い箱にするという点において。

自民党が長期に政権をにぎってこられたのは、自民党内で、総理にするからこの政策を実現して死ね、というシステムが機能していたからである。単独講和と吉田茂、沖縄返還と佐藤栄作、国鉄民営化と中曾根康弘、消費税と竹下登……。

自民党内で機能したのでは不透明であるとなって分裂したが、分裂後とて原理的には変っていない。選挙改革と細川護熙。日本では総理の再登場はないのが現状だから、首相辞任は、当人にとっては死である。この表現では刺激的すぎるというのなら、お払い箱。

こう考えれば、二大政党制は実現しなくても、主権在民は実現する。もういいかげんに、政界の浄化などという完遂不可能なことばかり追求するのはやめ、出たい人より出したい人を、なんてバカなことを言うのもやめ、有権者と、そしてその声を反映しているつもりのマスコミは、「百姓」に徹してはどうであろう。一流ということになっていた経済システムも不能、世界最高ということになっていた官僚システムも不能とわかったのだから、これまでは三流と言われてきた政治にがんばってもらわないかぎり日本は自滅する。

といって、期待する政治家像、なんていうアソビもするだけ無駄である。もっと冷徹になって、やりたい人にやりたいことをやってもらい、その後でお払い箱にすればよいではないか。政治家を殺すには、選挙で落とす以外にもスキャンダルという手がある。スキャンダルでも殺せなかったら、それはなかなかの能力の持主ということだから、新規の野盗対策に、もう一度ぐらいは活躍してもらってもよい。とはいえ、「百姓」は「侍」に、政治をやらせるには不可欠の権力は与えねばならない。それを使って、税制改革や国土安全対策や経済再建や、また、官僚の省庁別でない一括採用とかを断行させるのである。

ただし、要注意が一つある。それは、耳に心地の良いことを並べるだけで何もせず、米の飯でなくとも百姓同様のアワ飯で良いと言ったり、権力の遂行も民主的でやさしいのだが、野盗の徹底撃破だけはいっこうにやってくれないという「侍」たちである。この種の「侍」は、いつまでたってもサムライの血がよみがえらない人々だから、それがために長居をしつづけるという結果に陥りやすい。

百姓にとっては、寄生虫として長生きするよりサムライとして死ぬほうを選んだ侍よりも、「民主的な寄生虫」のほうが害をもたらすのである。

（一九九六年一月）

アテネの敗因

『ローマ人の物語』のⅣとⅤの二巻を続けて書いたので、書き終えてしばらくは虚脱状態だった。だが、午前中の五時間を机の前に坐る習慣は脱けない。とはいっても、原稿を書くのもローマ史にも拒絶反応を起す状態で、このような場合は無理をしないで別の勉強をやればよいのである。それでしばらくは、ペロポネソス戦役からアレクサンダー大王の登場まで、つまり、ギリシアのポリスの絶頂時代から衰退までを勉強していた。この時期の勉強には、歴史叙述の最高峰とさえいわれている、ツキディデスの『戦史』という現場証人の冷静きわまる証言がある。これ以外にもあるが、まあこれが基本。

ただし私には、ローマ史を書く義務はあっても、アテネとスパルタが激突したペロポネソス戦記を書く予定はない。仕事のためではなく考えるための勉強だから、感想も自由自在。

しばしば視線は史書から離れて空中をさ迷い、こういう場合にはローマ人ならばどう対処しただろう、などと空想しながら読むのである。その結論を先に言えば、ギリシアの都市国家の雄アテネは、九五パーセント、ローマ人ならばやらなかったであろう対処をしたのである。戦役がはじまった当初は、アテネのほうがあらゆる面で優位にあった。人口、経済力、海軍力、陸軍力、指導層の充実等々。

陸軍力ならば抜群といわれたスパルタだが、国家内の階層の硬直で、戦闘要員の数が少ない。一人一人の戦士は勇猛でも、総戦力となるとローマ軍の二個軍団にも足らないのである。それに、率いる司令官の才能も、一、二を除けばたいしたことない。軍事しか頭にない状態で育成された軍人というのは、想像力の極である戦略・戦術面でも劣るしかないのかと思ったりする。

つまりこんな具合で、シミュレーションでもやれば、アテネが勝つしかないのがペロポネソス戦役であったのだ。それなのに、三十年近くもの長い戦役の末に勝ったのは、スパルタのほうであった。なぜか。

たしかに、アテネには予期せぬ不幸があった。戦役初期に襲った、疫病の流行である。アテネ側の唯一の戦略的才能の持主ペリクレスも、このときに死んでしまった。しかし、この疫病も、当時はギリシア一であったアテネの人口の激減にまでは至らなかったのである。ならば、シチリア遠征という、戦略上ははなはだ疑問のある行動にふみきってしまったためか。たしかに、もしもペリクレスが健在であったならば、シチリア遠征はやらなかったのではないかという推測は成り立つ。

しかし、アテネの敗因は、このような個別の不幸や誤りよりも、もっと根元的なところにあったのではないかと思う。つまり、持てる力の効率的な活用を重視しないという、個のほうが共同体全体よりも優先されがちな社会にはしばしば見られることに、真の敗因があったのではなかろうか。

まず、国内でさえも、貴族政と民主政に分れて対立するのをやめない。個人でも、意志と能力がありそうな人物は、あれは私利私益のためにやっているのだとか何とか理由をつけて、失脚か追放かにしてしまう。ペリクレスでさえも、最後には足を引っぱられて退場した。戦闘に負ければ、即追放。ツキディデスもローマに生れていたら、追放されて戦記を書くという余生を過す必要はなかったであろう。

そして、アテネが同盟ポリスにどう対処したかも大変に重要である。彼らの間には、単なる強者と弱者の関係しかなかった。ローマのように、強者が弱者を融合し同化してしまうという事態は起らなかった。ために、戦役後半のアテネは、相つぐ同盟ポリスの離反に悩まされることになる。

スパルタが優れていたから、勝ったのではない。アテネが自滅したのだ。アテネを降《くだ》して以後のスパルタの覇権時代の短さが、それを実証している。

日本でも、飜訳でなく国産で、ギリシアの通史が書かれないものであろうか。そうなれば、プラトンがなぜあのような考えをもつに至ったのかもわかり、アリストファーネスの喜劇の苦さも理解し、エウリピデスの悲劇の絶望も共有できるようになると思う。そして、これらよりももっと重要なことにも考えをめぐらすようになってくるのでは？　つまり、すべてを決するのは持てる力の多少ではなく、その効率良い活用にあるという現実に。

（一九九六年二月）

司馬遼太郎

司馬先生が亡くなった。私も、多くの日本人同様に、まるで遺言ででもあるかのような先生の生前の発言をかみしめている。

先生は、三月一日号の『週刊朝日』の誌上で、次のように言っておられた。

「次の時代なんか、もうこないという感じが、僕なんかにはあるな。ここまでに闇をつくってしまったら、日本列島という地面の上で人は住んでいくでしょうけれども、堅牢な社会を築くという意味では難しい。ここまでブヨついて緩んでしまったら、取り返しがつかない。少なくとも土地をいたぶったという意味での倫理的な意味で決算をしておかないと、次の時代はこない。土地投機を苦々しく見てきた者としては、なんだか捨て鉢な気持ちなんですよ」

まったく同感である。坂の上の雲を見上げながら全員一緒に登るという感じの堅牢な日本は、もはや再び築かれることはないだろう。なにしろブヨついて緩んでしまったのは、土地問題にかぎらず、日本社会の全般に及んでいるのだから。

しかし、これもまた、日本人の姿なのである。日本人はもはや、坂の上に登ってきてしまっている。下から見上げていた頃は美しく白く浮んでいたと見えた雲も、登りついてみれば一面の霧。霧の中で立ち往生している者もいれば、なんとなくこれまでの勢いを押さえきれないままに、バブルの海の中に落下してしまった者もいる。もしかしたらバブルとは、坂の下から見ているぶんには、美しく白く輝く雲であったのかもしれない。

例を一つあげよう。

数多く刊行されている女性雑誌は、一冊五、六百円で売られている。だが、あれほども美しいカラーページを多く使って、この値で製作できるわけがない。それが可能なのは、タイアップ記事と広告のおかげなのだ。一冊も売れなくても採算がとれると豪語する、女性雑誌さえある。単行本にも広告を使うとなれば、地図や図面を多く載せるために高くなってしまう私の本でも、よほど安価に提供できるかもしれない。女性雑誌を非難しているのではない。あれには、流行製品のカタログを見るという効用がある。しかし、十万部以上売れる単行本でもこの式を踏襲しないのは、やせ我慢しているからである。もちろんやせ我慢にも効用があって、品格を保持するためと、何を書いてもかまわないという自由の維持のためだ。

というわけで、日本社会のブヨつきは、坂の下まで降りてもう一度登り直すということができない以上、完全にけずり落すということも望めない。五、六千円も出して女性雑誌を買う人はいないであろうから。

それで残るのは、霧であたり一面が埋まっている頂上から、どう抜け出すかである。私は、もう一つの頂上につづいている尾根道を、見つけるしかないと思う。ただし狭いのが普通の尾根道だから、全員が一丸となって突進するわけにはいかない。遅れる人が出てもしかたないし、尾根道を踏みはずして落下する人がいてもしかたない。広い稜線を進むのではないから、全員一緒というわけにはいかないのである。それでも、我慢して霧の中から抜け出してしまえば、もう一つの坂の上に浮ぶ雲も美しく眺められることだろう。雲さえはっきりと眺められるようになりさえすれば、勝負は日本人のものである。頂上につづくあらゆる尾根道には、まるで黒いアリのような日本人の勤勉な列がつづくという風景が再現されるかもしれない。

司馬先生は、尾根道を探してウロウロしている現在の日本人に、今までのように先頭に立ことができなくなっても、指標だけは打ち立てて去って行かれた。

「政府は国民に対し、国債という形で大きな借りを残します。これは大変なことですが、日本経済を普通の状態にするためには、それしかないんじゃないかと思う」

司馬先生は、手段の目的化を起さない、数少ない日本人の一人であった。責任の追及も大切だが、ガンは治療できたが患者は死んじゃった、では元も子もないのである。捨て鉢、なんて言われながら、最後まで捨て鉢にならない方であった。


（一九九六年三月）

「右」と「左」

イタリアは今、選挙戦の真最中である。この記事の載る号が出る翌日には投票が行われ、さらにその翌日には結果が判明するだろう。総選挙は、二年ぶりである。だが、前回のときは日本から大挙して報道陣が乗りこんできたが、今回はまったく反対であるらしい。日本のマスコミの関心が低いということなのだろう。

しかし、前回の総選挙時のように、わずか三カ月前に出馬を決めた政界のシロウト、ベルスコーニがどこまで票をとるかというたぐいのサスペンスはないにしても、今回とて面白みがないわけではない。いや、もしかしたら今度のほうが、選挙としての意味は深いかもしれない。なぜなら、今回は、前回に比べてずっと、イタリアという国家の行方というかイタリア人の今後の生き方というか、そのようなことに対して、争う二派の政策のちがいがはっきりと示されているからである。

おそらく日本では、中道左派連合と中道右派連合、それに北部同盟が加わっての選挙戦と見なされているにちがいない。そして、「左翼民主党」（旧共産党）に「再建共産党」も加わっての中道左派連合は革新派であり、ベルスコーニとフィーニの率いる中道右派連合は保守派ないし守旧派と色分けされているのだろう。

ところがイタリアでは、これが反対なのである。中道左派連合のほうが、現状を維持しながらそれを良き方向に段階的に改良しようと考えており、反対に中道右派連合は、現状の維持では解決できないとして、その抜本的な改革を政策にかかげている人々なのだ。これも、冷戦後の新システム模索の一例かもしれない。なぜなら、冷戦下の先進国は多少なりとも皆、ソ連を意識してか社会主義的政策、つまりは労働者の徹底保護などをとらざるをえなかったのだから。ゆえに先進国においての現状維持とは、多少なりとも左派的な政策にならざるをえなかったのである。

以下、簡略化のために「左」「右」とだけ記すが、「右」のかかげる政体改革は、フランス式の大統領制であり、「左」は、国民投票で決まった大統領でも国会での承認を必要とするということで、ブレーキをかけようとしている。平たく言えば、平等な発言権をもつ家族会議で決めようとするのが「左」であり、「右」は家長の決定権を現状よりも強くするということだ。

第二の対立点は、かの有名なイタリアの財政赤字に関してである。これも平たく解すれば、「左」は給料生活者的、「右」は起業家的としてよいかと思う。「左」の考えが、節約して返済する、につきるのに対し、「右」は、有効に使い無駄をはぶき、それを投資することでパイを大きくすることを優先し、返すのはその後、と考えているようである。それゆえ、マーストリヒト条約に対する考えも、何が何でもヨーロッパの一員に、と言う「左」に対し、「右」は、中世のヴェネツィア共和国のモットーをまねすれば、まず先にイタリア、次いでヨーロッパ、というところか。

深刻な顔つきで、そんなことしたらイタリアは三流国に落ちると抗議する「左」に対し、「右」は胸を張って言う。ヨーロッパ共通通貨のバアをクリアーできそうもないのはイタリアにかぎらないし、また、イタリアの経済力の八〇パーセントを占めている中小企業を活用すれば、パイを大きくすることも可能だ、というわけだ。

面白いのは、何が何でもヨーロッパと唱え、そのためとお尻を引っぱたく感じの「左」の論調を聴いていると、もうそれだけでイタリア人は自分たちは三流だと思ってしまうのに対し、まずはイタリア、次いでヨーロッパ、という感じの「右」の論調は、イタリア人を鼓舞する効果があるところである。これが右的なところか。

だからこの線は、税制改革にも通じていて、「右」は、給料生活者も個人事業者並みに自主申告制にせよ、と唱え、「左」は、そんなことになったらイタリア人全員が脱税すると、悲鳴をあげる始末。だが「右」は、イタリア人もこれまでのオンブにダッコを脱して個人責任を明確にすべき、と主張する。どちらが勝つかは見物だが、たとえ「左」が勝っても、政府は成立できるのだろうか。なぜなら「左」は、賃金の物価スライド制の復活を唱える共産主義者の票無しには、「右」に勝てないからである。

（一九九六年四月）

ひとまずの選択

イタリアの総選挙は、中道左派連合が勝った。中道右派連合に勝つためにはと「再建共産党」まで巻きこんだ、元共産党の書記長ダレーマの選挙戦略の勝利である。

もしもこれが、選挙のための戦略に終らず国政面での戦略に移行すれば、イタリアは五年間の政局安定を実現できることになる。「元《もと》」であろうと何であろうと、かつての共産党は、五十年間の野党の末に政権奪取に成功したのである。私個人ももはや彼らをコミュニストとは思っていないので、傍観者、正直に言えば野次馬、の心情で成果を期待している。とはいえ、政策のちがいなどは無視してなりふりかまわず寄せ集めたうえでの勝利だから、勝利者ダレーマの顔がほがらかどころか沈痛であるのには、少なからず同情はしているけれど。

しかし、敗れた中道右派連合のほうだが、完敗と一刀両断することもできない。なぜなら、彼らの敗因なるものが、全面的に改めなければ次も負ける、というたぐいのものではないからである。とはいえ、敗れたことは敗れたのだ。敗因は、少なくとも三点はある。

第一は、純粋に選挙戦術の誤算。少差にしても得票数は多かったのに敗れたのだから、これはもう選挙戦術の失敗というしかない。理解不可能なほどに複雑な小選挙区制と比例代表制下で勝つには、三顧の礼をつくしてでも竹下登あたりに教えを乞うたらどうかと、進言したいくらいである。正しくは「左翼民主党」（ＰＤＳ）と呼ぶ元共産党は、党の歴史がどこよりも長いだけに、この面ではやはり一日の長があった。

敗因の第二は、今回は守勢にまわったとはいえ二一パーセントの得票率をとった「フォルツァ・イタリア」（がんばれイタリア）のリーダーである、ベルスコーニのここ二年間の言行にあったと思う。

この人は、ゼロからスタートして国営放送の独占状態に挑戦し、私営テレビ局を三局も成功させた男だから、一流の起業家であることはまちがいない。経済人としてならば、一級の人物なのだ。しかし、この人はまだ、経済と政治はイコールという考えから脱却できていないようである。経済では首尾一貫は必ずしも必須条件ではないが、政治上での首尾一貫は、有権者にとっては信頼を寄せるにふさわしい第一条件であることに気づいていない。共産主義者と堂々と名乗りながらも「再建共産党」が八パーセントもとったのは、彼らは彼らなりに首尾一貫していたからである。ベルスコーニの言行に接するたびに私が思ったのは、この人は「政治的人間《ホモ・ポリティクス》」ではないという一事だった。

彼と共闘していた、ホモ・ポリティクスそのものという感じのフィーニ率いる「国民同盟」が、世論調査では二〇パーセントを超える勢いであったのに一五パーセントの得票率に留まったのは、まず第一にフィーニ個人の能力のありすぎに有権者が不安を感じたこと。第二は、脱却したとはいうものの元ファシズムの党である「国民同盟」に対する、イタリア人のアレルギーがまだ完全にとれていないことに由来する。元共産党にはアレルギーはなくなったのに元ファシスト党にはアレルギーというのは、前者は政権をとったことがなかったゆえに〝前科〟がなく、後者は戦前の政権担当者であったがゆえの〝前科持ち〟という、イタリア特有の事情によるのだ。

敗因の第三だが、三パーセント、多くても五パーセントと予想されていた「北部同盟」の得票率が、一〇パーセントにもなったことによる。この人々の票が他に流れるとしたら、中道右派連合に流れる質のものだったので、中道右派はそれだけ票を失ったのだった。

「北部同盟」の票田は、北東部のイタリア。大企業が集まるミラノやトリノの北西イタリアに比べて、この地方の主力は中小企業にある。だが、ベネトンの成功が示すように、現在のイタリア産業で気を吐いているのは、大企業よりも中小企業なのだ。この人々の票が、大企業と三大労組をバックにする中道左派連合でもなく、かといって中小企業には理解はあっても南部イタリアの振興を政策にかかげる中道右派連合にも流れず、北伊の独立さえ言いはじめた「北部同盟」に殺到したのは、自信をもった人々の不満の結晶だろう。イタリアの政局は、安定どころではないような気がする。

（一九九六年五月）

ローマと東京

七月五日にローマで、東京とローマが姉妹都市になったことの調印が行われた。青島都知事とローマ市長ルテッリが調印して、この関係は正式に発足したわけだ。イタリア側のスピーチを聴いていたら、姉妹都市提携というのは通称で、正式には友好都市提携であるらしい。私の頭の中は古代と現代で二分されたような状態なので、このような場合でもすぐ古代に想いが行ってしまう。友好都市とは古代では、相互安全保障の関係であった、などと思ったりして。

とはいえ話を現代にもどすと、東京都も十を超える姉妹都市をもっているらしいが、ローマも同じで、ロンドンやパリをはじめとする西欧の首都と姉妹関係にある。愉快なのは、ロンドンもパリもウィーンもボンも古代ローマ時代に発展した都市であることで、それゆえこれらの都市とローマとの間で姉妹関係を結ぶ話が出るたびに、姉妹ではなくて母娘ではないかという議論がくり返されることになる。東京都との場合は、この種の心配はない。

都側の関係者に、具体的には何をするつもりですかと質問したら、まだそこまでは考えていず、調印を済ませた後で考えていきたいという答えだった。悠長であることもまた、安全保障的関係でないことの反映だ。九月にはルテッリ市長が東京を訪れるそうだから、青島知事との間で少しずつつめていくのだろう。

市長ルテッリは「緑の党」の有力者で、ローマ市長選には左派連合を背《バック》にして勝った人である。まだ四十代、美男として知られている。とはいえイタリア男は、サッカーの選手でも他国に比べれば甘い顔立ちだから、彼もまあそういう感じ。外観がすべてを決めるわけではないが、緑の党といえどもイタリアでは、ドイツの同種とは良くも悪くもちがう。平たく言えばしたたか。彼個人は、なかなかのユーモア精神の持主でもある。

だが、思想上では同じでもなぜか女のほうが急進的になるもので、ルテッリが東京に夫人を同伴するとしたら、この夫人は要注意。イタリア二大全国紙のうちの左派系の新聞に書いていて、書き方が少し意地悪い。ジャーナリストにとっての意地悪は欠点ではないのだが、ユーモアがないぶん攻撃が露骨になる。東京都が贈物や豪勢な場所への招待などに専念するとしたら、裏目に出ること必定。市長夫人に東京を良く書いてもらいたいのなら、知事自らの案内で、青島さんお得意の下町を味わってもらったり、東京出身の知識人を集めての一夕でももうけるほうが効果がある。まかりまちがっても、芸者の同席はノー。日本では死語になりつつあるのかもしれないが、国政選挙で左派連合が勝ったイタリアでは、「進歩的文化人」という言葉は死語でないことをお忘れなく。死語どころか、今や権力を手中にしているのは彼らなのだから。

それで、東京・ローマ姉妹都市提携に際しても、相手側の趣向に迎合しないでいてかつ相手側を満足させ、そのうえ都民税の無駄使いに終らない方策を提言したいと思う。ちなみに、ローマ市の財政は火の車で、ローマ側からの財政負担を伴なう行動ははじめから期待しないほうがよい。

それで第一だが、日本人は大好きでも、シンポジウム形式の交流はイタリアではやらないほうがよいと思う。まず、人が呼べない。呼べるとすれば、経済とか技術とかにテーマをしぼるか、黒澤明のような超有名人が出席する場合にかぎる。

それよりも、毎年の夏に一カ月、十人程度のローマっ子を東京に招《よ》んではどうだろう。自主的に行動できて精神的にいまだ柔軟となれば、十代の後半の年頃が適当と思う。既成概念に囚われないで、東京を知って帰るにちがいない。二十一世紀への先行投資でもある。

そのうえもう少し財政に余裕があるならば、ルテッリが熱心な、しかしお金がないために彼の悩みでもあるローマの遺跡や文化財の修理保存にも、東京が手を貸してあげたらどんなものだろう。ローマにある遺跡や文化財は、全人類の財産なのである。なにしろ質量ともにケタちがいで、とても一都市の力でやれる規模ではない。都議会議員団の夫人同伴ローマ訪問などは、やるとすれば週刊誌あたりで批判されるがオチなのだから、その代わりとしたっていくらかは役立てると思う。

（一九九六年七月）

罪と罰

八月一日、ローマの軍事法廷で一つの判決が下った。被告は、今では八十歳を越えている元ナチス親衛隊の一将校。問われた罪は、五十二年昔の一九四四年に起った「アルデアティーネの虐殺」の名で知られる三百三十五人の殺害の指揮官として、である。

あの当時のローマは、イタリア政府が連合国に単独降伏したために、昨日までの同盟者のドイツ軍に占領された状態にあった。もちろんのこと、レジスタンスが燃えあがる。当時のローマでは、それはテロの形をとった。テロの対象は、占領者と化したドイツ兵たち。ドイツ側は、ドイツ兵が殺されるたびにその十倍の数のイタリア人を殺すと宣告したが、それで鎮火するレジスタンスではない。ドイツ兵の犠牲が三十三人になったとき、宣告は実行に移されたのである。報復の対象は、逃げるのも巧みなレジスタンスの闘士たちではなかった。

実際、当時の闘士たちの多くは後に国会議員になり、そのうちの一人は大統領にまでなっている。報復の的にされたのは、何の罪もない一般市民。それも、ローマの都心の一画に集中して住んでいるユダヤ系イタリア人だった。三百三十人のはずが五人余計であったのは、あの当時の殺気立った空気の中では、ドイツ側は問題にもしなかったのかもしれない。いずれにしても三百三十五人の不幸な人々は、ローマ郊外のアルデアティーネにある洞穴に連れこまれて殺された。それから数カ月も経ないで、ローマは連合軍によって解放される。虐殺も、白日のもとにさらされることになった。

虐殺の実行部隊を指揮した中尉プリブケは、一度は逮捕されたらしいが、逃げるのに成功したのかアメリカ軍が見逃したのかしてアルゼンチンに逃げ、そこに帰化して五十年が経つ。しかし、ユダヤの探索網にかかり、ようやくイタリア政府の引き渡し要求も容れられて、ローマの軍事法廷での裁判となったわけだった。軍事法廷で裁かれるということは、軍人として裁かれるということである。つまり、軍人は、上位者（この場合は十倍の報復を命じたヒトラーの命令を伝えたケプラー大佐）の指示に、従わねばならないのか、それとも、もしも良心に反する命令ならば、それに反する行為も可能なのか、という困難な課題も問われることになるのだった。

イタリアにしては早く進んだ裁判で下った判決は、簡約すれば次のようになる。十倍の数の報復の命令そのものは有罪である。しかし、それを実行したこと自体の罪は問うことはできない。ゆえに、釈放。

これにはイタリア中が、とくにユダヤ系イタリア人社会がショックを受けた。今や上を下への大騒ぎである。政党は右から左まで、非難から残念までの色合いの差はあってもショックでは一致。しかし、新聞は、それも従来は左派系とはっきりしている新聞までが、五十二年を経てのこの問題に明確な態度を示せないでいるのが興味深かった。正義とは、地獄まで貫き通すべきものなのか。それとも、忘れ、許す期限はあるのか。これにはっきりした態度を示せないのである。

この事件が日本に報道されるとすれば、政府の見解や街の声を伝えるものになるのだろう。マスコミの報道は、なぜそういう見解になるのかとか、世論とは声の大きい人の意見ではないかとかまでは探らないのが普通だからである。しかし、明言しては不都合な空気は現にあり、声に出ない声もある。イタリア人は、日本やドイツと同盟国関係にありながら、捕虜虐待や残虐な行為が、戦時中でも極度に少なかった国民であった。ユダヤ系イタリア人が、ローマの街中の一画にファシズム下でも住み続けていられた一事がそれを証明している。五十年後に裁判所に引き出しはしたものの、このイタリア人たちの胸の中は、正義とか復讐で一色ではなかったのである。

それでもイタリア人には少々チャランポランなところがあるから、現在のイタリア政府の秘かな期待は、次の一事につきると想像している。自分のところでも裁くと言っているドイツから一日も早くプリブケの身柄引き渡し要求が送られ、このやっかい者処理の責任をドイツ側に「送球」することなのだ。ドイツのドルトムントには、第三帝国の犯罪糾明を目的にかかげた機関があるのだそうである。

（一九九六年八月）

〔追伸〕　ドイツから何の要求もされなかったためにやむをえず再審が行われ、その結果は有罪になった。だが、牢獄に入れられたわけではない。つまり、戦時中の罪への考え方は、いまだに明快ではないということである。

とはいえこの一事は、日本人である私を考えさせずにはおかなかった。「罪」は、何年経ようと「罰」されねばならないのか、と。そして、古代のローマ人が忘れるという「徳」をもっていたことも、あらためて思い出したのであった。

外交と外政

外国の言葉を日本の言葉に、しかも適切な言葉に置き換える作業は大変にむずかしい。ほとんどすべての外国語に日本語をあてはめねばならなかった明治の知識人の苦労は、飜訳の一語で済ませては申しわけないほどのものであったろう。見事な飜訳語に出会うたびに、語源までたどるのもむずかしかった時代によくもここまで、とさえ思う。しかし、ときには、この日本語をあてたためにそれ以降の日本人の認識を誤らせてしまったのではないか、との疑いをもたせる飜訳語もある。

その一つは、フラテルニテを博愛と訳すことに対する疑問だが、これについては拙著『再び男たちへ』の中ですでに述べているのでここではぶく。今回問題にしたいのは、外交、という言葉だ。

外交とは、もちろんのこと、ディプロマシーの訳語であろう。ディプロマとはラテン語で、証明書を意味する。それゆえ、交渉担当者であるという政府発行のディプロマをもって他国に出向き交渉する人を、外交官と訳したにちがいない。日本の辞書では、「外交」を、外国との交わり、国家間の交渉、と解説し、「外交官」を、外務大臣の監督の下に外国に駐在、または派遣されて、外国との交渉事務を担当する国家公務員、と説明している。

これでは、誤りではないのだが何となくおかしい。何となく、この言葉の本家であるヨーロッパで考えられている意味との間が、しっくりかみ合わない想いにさせる。

結論を先に言えば、「外交」ではなく、「外政」と訳すべきではなかったか。つまり、外国と交わることよりも、外国との間で政治することのほうをより強く認識させるためにも。

そんなことは百も承知ですよ、と日本の外交官たちは言うかもしれない。しかし、人間は、使う言葉に知らず知らずのうちに影響されるものである。とくに漢字は、視覚的な影響力が強い。外交も外政もいずれも意訳なのだが、「外交」とばかり使っていると「交わる」ほうばかりが強く意識され、「外政」となると、国内の政治と同格であるべき国外政治、と思いやすくなりはしないか。そうすれば、辞書の説明もちがってくるはずである。

内政——国民と国家の利益の向上と維持を第一目的として、国内でなされる政治。

外政――日本国民と日本国の利益の向上と維持を第一目的として、外国との間でなされる政治、ないしは政治交渉。

外政官――外務大臣の監督下に外国に駐在、または派遣され、自国の利益を守ることを第一目的として、外国との交渉事務を担当する国家公務員。

これを担当する省も、外務省であって外交省ではないのだから。

とはいえ、外交という訳語で定着してしまって、今さら変えようがないのも現実である。だから私は、変えることを提言しているのではない。ただ、一度洗い直してみてはどうか、と言っているにすぎない。

なぜなら、外交とは「交わる」ものと思いこんで国際会議に出向く日本の外交担当者たちに対して、ディプロマシーの本家から派遣されてきている欧米先進国の外交担当者たちは、交わることは手段であって、目的ではないと知って交渉してくるからである。この、日本側にとってのみ不利な誤解現象は、欧米先進国との間にかぎらず、しばしば欧米よりはよほど欧米的な指導者に率いられることの多い、後進諸国との間でも起りやすい。会議が踊る時代でも外交は厳しい技術《アルテ》だったが、会議が踊らなくなった現代では、もっとあからさまにシビアなのである。

日本の外交担当者たちはよく言う。「諸外国は日本に、日本の国力に見合った政治外交を展開するよう求めている」と。

それを眼にしたり耳にするたびに唖然とする。ほんとうにそうだと思って言っているのか、それとも外務省の存在理由確保のためか、と。現実は、「どこの国も、自国の利益も考えずに、日本が日本の国力に見合う政治外交を展開することは求めていない」である。つまり、自国の利益になる場合にのみ、日本に国力並みの政治外交を求めているだけなのだ。現実に文句をつけてもはじまらない。現実には冷静に対処するしかない。せめては、外交とは言いつつも外政なのだと思いながら。

（一九九六年十月）

政治家たちへ

今日この段階では、総選挙後の日本の政局がどのようなものになるのかを、私はまだ知らない。日本では形が成りつつあるのかもしれないが、日本のテレビを見ることもできないし日本の新聞もとっていないのです。ただ、この小文が読者の眼にふれる頃には、形に成っているのはまちがいない。だからこの小文は、十一月三日の時点での私の空想ということにしよう。もしも私なら……という感じの。

もしも私が橋本龍太郎氏の立場にあったら、社民とさきがけとの連立は考えないだろう。ただし、前の内閣の連立党への礼儀ということで、一応は再び声をかけるくらいはするかもしれない。ジェスチャーに留める理由の第一は、すでに経験したことのくり返しは、戦略としてもオリコウなやり方ではないこと。第二は、評判が良かったのならまだしも、悪かったこと明らかな連立をくり返すのでは、有権者の失望を高める役にしか立たないこと、である。

それで、もしも私が橋本さんなら、小沢一郎氏との単独会談を求めるだろう。知らない仲ではないのだから、一生に一度の腹打ち割っての話をする。と言っても、保保連合を申し入れるのではない。保保連合も、以前に一度やったことのくり返しだからだ。そうではなくて、一九九七、九八、九九、そして二〇〇〇年までの四年間の、「休戦」を提案するのである。理由は、現在の日本が直面している危機からの脱出である。

もしも私が小沢さんだったら、「休戦」提案を受けるであろう。ただし、二つだけ条件をつける。

第一は、大臣のふり分けは、両党の議席数に比例させること。なぜなら、有権者の支持の少なかった小党がキャスティングボートをにぎるとか何とかということで、実に非民主的なやり方が流行《はや》ったが、あれは政治記者とか評論家とかの政界スズメが喜ぶだけで、一般市民はその欺瞞《ぎまん》にうんざりしているからである。

条件の第二は、副総理とか大臣とかは辞退する代わりに、行政改革の責任者を引き受けることだ。行革臨調の会長は後藤田氏になるのならば、副会長でもよい。要するに、国政は橋本氏に一任するが、行政改革は自分にまかせてもらいたい、というわけである。自民党にしても、これまでの交《つ》き合い上やりにくいことも多い大改革だ。荒事師にやってもらったほうが、彼らにしてもトクではないかと思う。それに、行革推進を公約した以上、もしもやらなかったら来年にでも総選挙になる。その結果は、やると言っておきながらやらなかった党が敗退する、などという単純なことにはならない。政局不安定はつづき、危機からの脱出どころの話ではなくなる。

そして、連立とは、ちがう政策を調整しながらまとまるものではなく、同じ、と言って悪ければ、似ている政策からつめていくものだ。ちがう政策の調整とは破局につながる危険を常に内包するものだし、時間が解決してくれる問題もある。ＰＫＯなども、先進諸国も国連も迷っているのだから、今になって日本が無理して態度を明確にする必要はない。

もしもこの線で「休戦」が成立したら、私が官房長官の梶山静六氏の立場にいたなら、次のことを総理の橋本氏に進言するだろう。ＮＨＫ総合テレビで週に一回、夜の十時からの三十分間、『総理が語る』の番組をやることを。「総理が語る」であって、「総理と語る」ではない。このちがいは大きい。

四割強の棄権率は異常である。これでは二大政党制も民主主義も言えたものではない。政治は実生活と結びついているということを、有権者に理解してもらうことは急務でさえある。

週に一度の連続形式ならば、語る側もかまえていてはつづかないから、自然にならざるをえなくなる。もしも誤解を生ずる発言があったとしても、次の週に言いわけ可能だから気も楽というもの。そして、私が梶山さんなら、番組は次の調子で進める。

一、視聴率は、絶対に気にしない。

二、「語る」相手には、タレント、評論家、学者は避け、新聞ならばデスク、雑誌ならば編集長、テレビ局ならば部長クラスに依頼する。

三、総理が出演不可能な日は官房長官が代理を務め、週に一回の有権者との接触は、何が起ころうと続行する。

混迷からの脱出は、大胆に、しかしそれでいて地味に、はじめるしかないのです。

（一九九六年十一月）

〔追伸〕　これもまた、ボールは投げたのに誰も打ち返してくれなかった、数多のわが提言の一つになった。橋本氏が、何でも自分でやりたい人であるということも私は知らなかった。そして、政治家たちに語らせるのがいかに日本では難事であるかということも、私には予想外のことであったのだ。

強国の嘘

ヨーロッパ連合が、域内の国々相互の助け合いによって全体としての力の向上を目的とする、なんていうのは真赤な嘘である。

先日こちらでくり広げられた、イタリア通貨リラのＥＭＳ（欧州通貨制度）入りの際のゴタゴタが、もともと「嘘」ではないかとの私の疑いに確証の一つを与えたような気がする。

私個人は、イタリアとイタリア人を愛している。だが、愛するのと肩入れするのとはちがう。とくに私のような職業では、肩入れするのはスポーツのときぐらいで、なにしろ肩入れしたい日本は弱いものだからイタリアチームを応援するのだが、他のことでもそれをしすぎると判断が鈍るので要注意なのである。それで、弱いイタリア・リラのＥＭＳ入りの際の駆け引きも、部外者の立場で観察したのであった。

まず、イタリア・リラは不安定なのだから、それゆえに四年前も通貨の嵐をまともに受けてEMSからはじき出されたくらいなのだが、それほど弱い通貨に再びEMS入りを許すのは、低く押さえた線で許すのが合理的というものである。実際、イタリア当局は、事実上の基軸通貨であるマルクに対して一千リラの線でのEMS入りを狙っていたのだった。そうしてこそ、弱体なイタリア通貨を助けながらの、ヨーロッパ諸国相互の通貨網が成り立つわけだから。

ところが交渉は、これとは反対の線ではじまったのである。真先にフランスが異議をとなえた。一マルク＝一千リラでは、イタリアの輸出産業に有利すぎ、フランスの産業にとっては不利すぎる、というのだ。これに、マルクの強さを自国民にアッピールしたいドイツが乗った。一マルク＝九五〇リラで、綱引きが開始されたのだ。

最後は、良く言えば政治交渉、現実を言えば、開き直ったイタリア側が、EMS入りを許さないなら他国の輸出産業のことなどかまわずリラを放置すると脅して、一マルク＝九九〇リラで妥協が成立したのであった。

また、共通通貨にするかしないかの騒動も、私を考えこませるには充分だった。現在の私が、共通通貨にしようと思えばできる圧倒的な力をもっていたのにそれをしなかった、初代皇帝アウグストゥスを書いている最中でもあった事情による。古代ローマは基軸通貨の確立には熱心だったが、覇権下にある他国や属州の通貨まではさわらなかった。プルタークをはじめとするギリシア人の著作に書かれた通貨は、ギリシア通貨である。ローマ帝国には、基軸通貨であるローマ通貨を核にしたとしても、各国別の通貨が共存していたのである。国別属州別に、経済力がちがっていたからだった。

それなのになぜ、現代のヨーロッパは共通通貨を作りたがるのか。

しかも、マーストリヒトに及第するか落第するかを決める数々の〝計器〟ときたら、五百万の人口の国でも五千万の人口の国でも、同じ〝計器〟なのだから。

大国では、それがいかに強大な経済力をもとうと、スラムがなくなることはない。反対に小国ならば、その気になればスラム追放は簡単だ。人口五千万のイタリアがマーストリヒト合格を危ぶまれているのに、人口二万数千の切手と観光で食べているイタリア内の小国サンマリーノは合格というのには笑った。共通通貨に参加・不参加を決める〝計器〟が、ブリュッセルの官僚の作というのもうなずける。いかにも、頭だけがひとり歩きする性向の強い官僚の作らしい。

私は、政治学者でもなく経済学者でもなく、政治や経済を専門にあつかうジャーナリストでもないから、盲蛇《めくら》におじずで思うことを正直に言おう。

ヨーロッパの共通通貨とは、一国だけでは支配する力をもたないフランスが、ヨーロッパにくっついていないと何をしでかすか自分自身に自信をもてないドイツと協同して、支配しようと考えての「形」である。

イギリスが慎重であるのが、その何よりの証拠だ。

なにしろ、共通通貨に熱心なフランスとドイツは、それに参加すれば何がどうトクするかを明確に示せないにもかかわらず、参加しなかった場合の損だけは、明確にしようとやっ気になっているのである。政治的経済的支配でなくて、何であろうか。

（一九九六年十二月）

「イフ」的思考のすすめ

歴史に、「イフ」はいけないということになっている。例えば、もしも信長が本能寺で死なずにあと十年生きていたら、日本はどうなっていただろう、というようなことは、歴史では、考えてはいけないというのである。

ほんとうに、そうだろうか。

俗に言う重箱のすみを突っつくたぐいの学術論文は別にして、歴史書を書くほどの人は学者でも、ということは世界的に有名な大学の教授の地位にある研究者でも、その人たちの歴史著作を読めば、必ずしも「イフ」は禁句ではないということがわかる。

もちろん彼らでも、カエサルがブルータスらに殺されずにあと十年生きていたら、ローマはどうなっていたか、とは書かない。しかし、カエサルの暗殺以後のローマの分析は、「イフ」的な思考を経ないかぎり到達不可能な分析になっている。ということは、書かなくても頭の中では考えていたということである。

では、専門の学者でもなぜ、「イフ」を頭の中だけにしてもてあそぶのか。

それは、歴史を学んだり楽しんだりする知的行為の意義の半ばが、「イフ」的思考にあるからである。ちなみに残りの半ばは、知識を増やすことにある。

「誰が」、「いつ」、「どこで」、「何を」、「いかに」、行ったか、だけを書くならば、今や流行りのインターネットでも駆使して、世界中の大学や研究所からデータを集めまくれば簡単に書ける。ところが史書が簡単に書けないのは、これらに加えて「なぜ」に肉迫しなければならないからである。

ギボンは、『ローマ帝国衰亡史』の最後を、東ローマ帝国の首都コンスタンティノープルの陥落で終えた。だが、五十余日にわたった攻防戦を日々刻々記録したあるヴェネツィアの医師が残した史料は、ギボンの死んだ後で発見されたのである。それを基《もと》にして今世紀、現在では世界的権威とされているランシマン著の『コンスタンティノープルの陥落』が書かれたのだった。

この二書を読み比べてみると、たしかにランシマンの著作のほうが、五十余日の移り変わりが明確になっている。だが、本質的にはまったく差はない。ギボンの鋭く深い史観は、一級史料なしでも歴史の本質への肉迫を可能にしたのである。つまり、「なぜ」の考察に関しては、データの量はおろか質でさえも、決定要因にはならないということだ。歴史書の良否を決するのは、「なぜ」にどれほど肉迫できたか、につきると私は確信している。

そして、史書の良否に加えて史書の魅力の面でも、「なぜ」は大変に重要だ。誰が、いつ、どこで、何を、いかに、まではデータに属するが、それゆえに著者から読者への一方通行にならざるをえないが、「なぜ」になってはじめて、読者も参加してくるからである。その理由は、「なぜ」のみが書く側の全知力を投入しての判断、つまり、勝負であるために、読む側も全知力を投入して、考えるという知的作業に参加することになるからだ。書物の魅力は、絶対に著者からの一方通行では生れない。読者も、感動とか知的刺激を受けるとかで、「参加」するからこそ生れるのである。

そこで、「なぜ」という著者・読者双方にとっての知的作業には、必然的に「イフ」的な思考法が必要になってくる。

私の言いたいのは、なぜ信長は本能寺で死なねばならなかったのか、の「なぜ」ではなく、生前の信長はなぜ、これこれしかじかの政策を考え実行したのか、に肉迫する「なぜ」である。

それには、信長の立場に立って考えることが必要だ。彼だって、本能寺で死ぬとは予想していなかったのだから。ゆえに、もしも信長があそこで死なずに十年生きていたら、と考えることではじめて、生きていた頃の信長の意図に肉迫できるようになる。反対に「イフ」的思考を排除すると、話は本能寺で終ってしまい、日本史上空前の政策家信長の真意も、連続する線上で捕えることが困難になってしまうのだ。

われわれは大学から給料をもらっている身でもないし、それゆえに学術論文を書く義務もない。彼らが禁句にしているからといって、われわれまでが恐縮して従う必要はないのである。歴史を、著者・読者双方ともが生きる現代に活《い》かすのにも、「イフ」的思考は有効である。

（一九九七年一月）

危機とその克服

何よりも先に、次の一文を読んでください。

「前にも申しあげたとおりに、最近わが国の産業全般の景気が悪化し、企業のトップ並びに幹部総体の士気の低下は眼をおおうばかりであります。当研究所の役割は、この現状をいかに克服するかの指針を与え、彼ら全員に意欲、つまりやる気を回復させることにありま す……」

だから講演してくれとの依頼なのだが、この、日本のどこかのシンクタンクからと思ってもいっこうに差しつかえない感じの依頼は、韓国にある「世界経営研究所」からのものである。お隣りも苦労しているのだなと思ったが、講演はしないことにしているので、この種の依頼はどこから来ようとも答えは同じなのだ。それにしても、ただの一紙を除けば昨年の十二月に集中した日本の新聞各紙の元旦用の原稿の依頼とまったく同じで、あのときに感じたアレルギーを再び感じてしまった。

しかし、私に依頼してくるということは、私の作品を読んでくれたからである。資産家のギボンや大学教授のトインビーとちがって一介の売文業者にすぎない私がローマ史を書きつづけられるのも、作品を買って読んでくれる人がいるからだ。私の仕事をささえてくれるこの人々には、講演以外ならばときにはサービスすべきと感じて書くことにした。

まず第一は、居直ること、である。

不景気とは、好景気を経験できた者しか襲わない、贅沢であると思うことだ。バブルも同じ。世界の中のどれほど多くの国が、不景気を嘆く国をうらやみ、バブルまで味わった国を、自分たちも一度にしろああなってみたいと思っていることか。

バブルにまでつながるほどの好景気とは、坂の頂上に白く美しく輝いていた雲である。到達してみれば一面の霧にすぎず、今のところは出口を探してウロウロしている状態だが、他の国々は坂の上の雲を目指して登山中ということを忘れてはならない。そしてその多くは、頂上到達も実現できないで終るという現実も。

第二は、失ったものを数えあげるよりも、残ったものを思い起すこと、である。

なぜなら、失ったもの、モラルの低下とかのようなものは、無知か自信喪失が温床である場合が多いからで、無知軽薄は人間世界の常であるからどうしようもない。ただし、無知軽薄が大きな顔をできない社会ならば実現可能だ。それは、自信を喪失していた人々が、自信をとり戻すことである。自信をもって、無知は無知と明言すれば、無知軽薄も大きな顔はできなくなる。大きな顔もできなくなれば、自然に減少する。

それで、「残ったもの」だが、不景気を嘆くほどの国ならば、好景気時代に貯えた何かがあるはずだ。それは、企業や国家のような共同体ならば経済力である。

要は、この力をいかにうまく使い、それによってより一層の経済力の向上につなげうるか、という一事につきる。流行りの言葉で言えば、リストラである。ただし、真の意味の、つまり再構築という意味のリストラクチャリングである。首切りの意味でしかリストラを考えないというのは、思考停止にすぎない。

真のリストラとは、もはや政治である。しかし、政治家だけにまかせるには広すぎる、政治的センスを必要とする考え方である。

国家や民族の歴史は、まず先に経済の興隆があり、次いで政治の成熟が来て、最後に文化の華が咲いて終る、というのが通例になっている。だが、最後まで行ける国家は少ない。経済の興隆だけ実現して、後は下降一途、という例のほうが多い。それは、真のリストラの必要に目覚めなかったか、または目覚めはしても失敗したからである。つまり、エコノミック・アニマルで留まって、ホモ・ポリティクスに脱皮できなかったからである。

しかし、ここまで書いてきて、書いている私自体がいっこうに元気づかないのに驚いている。なぜなら、何を提言しようと所詮は、受け手しだいであることを痛感するからだ。受け手に、今の程度の水準で良しとしようではないかと言われていては、このままをつづけていては、今の程度の水準の維持すらできないと説く意欲を失う。気概、という言葉は、どこに行ったのだろう。

（一九九七年二月）

不調のときはどうするか

特別なスポーツファンでもない私がスポーツを観戦するのは、スポーツとして観ているのではなく、ヒューマン・ドキュメンタリーとして観ているからである。おかげで、いまだにルールに通じていない。それでも面白いのは、テレビ放映によって顔の表情までとらえることができるようになり、それを観るだけでも興味がつきないからだ。

スポーツ選手の三十歳は、もはや立派にベテランである。だから、普通の人の三十歳の顔でなく、四十、五十代の人の顔になっている。その結果、二十歳のときよりも美しくなっている選手が、競技の面でも強い。おそらく、人間の顔の美しさの要因の一つが、自信にあるからではないかと思っている。

これ以外にもう一つ、スポーツの観戦に私を引きつける理由がある。それこそヒューマン・ドキュメンタリーとして観る理由なのだが、何が勝利の原因になるのか、ということを考えさせてくれるからだ。

スポーツでも歴然と、強いチームなり強い選手なりは存在する。大量得点とか圧倒的な力の差を示して、勝つというタイプである。

こうなると、ちょっとしたエラーや失点は帳消しにしてしまうくらいのパワーの差異だが、これならば勝つのは当り前だから、私も常のスポーツファンと一緒になって熱狂していればよい。

興味をそそられるのは、別のケースである。

強いチームでも選手でも、必ず好不調があるものだが、不調を彼らはどのように処理しているのかを観察しはじめるや、単なるスポーツ競技もヒューマン・ドキュメンタリーに一変するのである。

不調のときでも、どうやって彼らは、勝ちを持続させているのか。

スランプに陥っていることが最も明らかにあらわれるのは、攻撃面だろう。つまり、思うように得点できないということである。このような場合にまず第一に考えるのは、防御を固めるということにちがいない。

ところが、不調とは、一面だけではなく全般的に不調ということだから、オフェンスにとどまらずディフェンスも不調なのは当り前で、こちらは得点できないのに相手には点を入れられるという結果に終りやすい。

これだと負けるしかないのだが、強いチームだとそう簡単には負けない。日本語だと、辛勝、というやり方にしても勝つ場合が多い。つまり、やっと勝った、というわけだが、それでも勝利にはちがいないのだから、勝ちを持続させるという最終目標には適《かな》っているのである。

それで、どうやって辛勝にしても勝ったかだが、私の観察するに、ミスをしないことで勝ちにつなげるということのように思う。アメリカのバスケット界の雄であるマイケル・ジョーダンは、不調の日はとくにだが、相手のファウルで得たフリースローを、絶対と言ってよいくらいにはずさない。イタリアのサッカーチームのように、大切な試合でそれをはずすと多しときては、ワールド・チャンピオンなどは夢である。

フリースローなのだから、もはや完全に個人の精神の問題で、「技」よりは「心」で決まることだと思う。勝利への確固とした意志が、有るか無いかの問題ではなかろうか。

ただし、ミスをしないように心がける態度は、スランプの期間を生き抜くには効果ある戦法ではあっても、いつでもこれでは何も産まない。スポーツならば、覇者にはなれない。人間ならば、成功もしなければ失敗もしないという感じで、悪くすれば、一生うだつが上がらないで終ってしまいがちだ。なぜなら、ミス回避主義とは、人間の生き方としては気の滅入る生き方で、喜びは産まないからである。喜びがなければ、人は従《つ》いてこない。

勝ちを拾ったと言われようがまずはそれで不調を切り抜け、好調がもどったとたんにそれに乗って圧勝を獲得すべきなのだ。

人間生活も、スポーツ競技に似ているような気がする。負けつづけは、ほんとうにいけませんよ。人間、それに慣れてしまって、負けているということすら自覚できなくなってしまうのだから。

（一九九七年三月）

国家の「溶解」

戦争に敗れた結果の亡国はなくなった現代だが、アルバニアの近況を眺めていると、独立国家でも「溶解《ようかい》」ならば起りうるのだと痛感させられる。

資本主義に慣れたわれわれならば騙《だま》されるはずのない三、四〇パーセントという高利に釣られて有り金すべてを預けたのがフイになり、それへの不満が引火点となって発生した今回の騒動だが、武器庫を襲って武器を手にした人々の横行で、今やアルバニア全土は無法状態。北朝鮮式の共産主義体制から脱け出たばかりの貧しいこの小国は、もはや事実上、軍隊なく警察なく、政府さえも反共産勢力は二派に分裂、その間をぬっての旧共産勢力の巻き返しの動きやらと、この面でもコントロール不能の状態と化している。

結果として、というよりもこの現状をよいことに、一夜で来られるアドリア海を渡っての、イタリアへの難民が激増した。

これに音をあげたイタリア政府は、与党間の根まわしもなしというあわただしさで、国連に軍隊派遣の認可を乞うて許された。ただし、国連の附けた条件は、全費用はイタリア持ち。他にフランス等が参加しても、六千の派遣軍の半ば以上はイタリア兵。

そして、この派遣はあくまでも「人道」を目的とし、派遣軍の兵士に武器使用が許されるのは防衛の場合のみであって、無法の民と化したアルバニア人の武装解除には行使できないとなっている。武装解除の忠告はできるらしいが、解除させるための実力行使までは許されていない。食糧と医薬品を主とする援助物資が、無頼の徒以外のアルバニア人の手に渡るよう努力するのが任務なのである。これをすることで、経済難民とちがって強制送還できない政治難民を主張するアルバニア人のイタリア侵入を防ごうというのが、派遣軍主力のイタリア側の本意なのだ。

もしも同じような状態が古代ローマ時代に起ったとしたら、ユリウス・カエサルやアウグストゥスはどう対処したであろうか。

第一に、指揮系統も溶解しているアルバニアでは、ローマ軍団を派遣して窮地におちいっている現政府を後押ししたとしても、所詮は独立政権の確立は不可能事である。ゆえにローマは、アルバニアの属州化を決めるだろう。

なぜならアルバニアは、ローマの本国であるイタリアからは、ギリシアへ、そしてオリエントへと向う道筋に当っているという、政治的経済的軍事的要所にあるからだ。それに、本国へは一夜の距離にある地の無法化は、放置は絶対に許されないこと。また、一時期に集中する多量の難民は、本国社会の不安定要因になるという理由。

そこでローマは、主力戦力五個軍団の三万兵にガリアやゲルマン出身の「補助兵」を加えた計五万の軍事力をアルバニアに派遣する。もちろんこれらの兵士は、ローマ軍のやり方どおりに、まず武器を放棄しての降伏を求める。忠告に応じて自主的に武装放棄した者の、罪は問わないのがローマ方式だ。しかし、それでも武装解除に応じない者はもはや暴徒と見なし、ローマ軍団は実力で彼らを排除する。

こうして秩序の回復したアルバニアの統治は、ローマから派遣される属州総督が行うように変える。総督の仕事の一つには、本国から送られてくる緊急食糧援助の公正な分配もある。またローマは、総督就任と同時に、派遣軍の半ばを引きあげる。残りの半ばは、秩序の維持と街道網を主にしたアルバニア内のインフラ整備に投入される。

当分の間アルバニアでは、他の属州では課される属州税もローマ人でも払う間接税も、半額に抑えられる。先頃までのガリア同様にアルバニアも、帝国の中では後進地帯だからだ。だが、どこよりも近距離のアルバニアには、秩序が回復しインフラも整備されれば、本国からの〃外資導入〃も活発化するだろう。つまり、自力で生きていくことも可能になる基盤が置かれたということである。

これが、難民（古代の呼称ならば蛮族）の侵入への、ローマ帝国の対処法の一つである。もう一つは軍事力による撃退だが、アルバニアの場合はその適用例にはなりえない。

（一九九七年四月）

〔追伸〕　あれから三年が過ぎているが、アルバニアは無法国家のままである。難民襲来への、イタリアの苦労も変っていないどころか、かえって悪化している。ローマ帝国のような対処法を、現代国家は踏襲できないからである。それを見ながら私は、国家と聴くだけでアレルギーを起してしまう日本の人々に、このアルバニアやコソボを見学してもらいたいとつくづく思う。

西郷隆盛の言

ペルーの日本大使公邸人質事件の決着がついて、やれやれこれもひとまずは終ったという気になっている。日本がニュースにならないここイタリアでも、阪神大震災、サリン事件につづいてテレビニュースの冒頭にとりあげられる栄誉に浴した、日本関係の事件の一つになった。

それにしても、男を上げたのはフジモリ大統領の代表するペルーで、反対に男を下げたのは、橋本総理大臣に代表されるわれらが日本である。

結果は別にしても、リスクを冒して勝負に出たのはフジモリ大統領で、橋本総理はリスクも負わず、それゆえに勝負に出なかったからだ。外国関係のみにしぼっただけでも、われわれ日本人は、湾岸戦争につづいてまたも敗北したのである。

敗北とは、第二次世界大戦のように、誰の眼にも明らかな形で示されるとはかぎらない。多くの人には敗北と映らなくても、事後にじわじわと悪影響が出てくるのも敗北だ。いやこのほうが、始末が悪い。敗北したことが、国民規模の認識になりにくいからである。それゆえに、事後の対処が不徹底になる。

私個人は、幕末の志士たちが歴史小説に描かれるような優れた男たちであったかどうかには、少々の疑問がある。あの時代の日本が世界の列強からすればウマ味の少なかった国であったという幸運も、維新という大事業が比較的容易に成しとげられた要因の一つではないかと思っている。

しかし、彼らには健全な常識があったことは認めよう。西郷隆盛は、軍事援助を申し入れてきたイギリスに対し、次のように答えて断わっているのだ。

「日本の変革は、日本人の手で行わねば面目《めんぼく》ない」

この言葉は、自国のことの解決に他国の力を借りる例で埋まっている世界史を少しでも知っている者ならば、感動なしには思い出せない一句である。そして、軍事援助を申し出たフランスに対し、どういう考えであったかは不明だが、同じく断わった徳川慶喜を知ればなおのこと。自分のことは自分で始末する、ということ以上の、健全でまっとうで当り前の生き方考え方はあるだろうか。

湾岸諸国からの石油の確保は、日本にとっては死活の問題であった。また、他国にあろうと大使公邸は、日本の領土なのである。

日本の法律がそれを許さなかった、と言うだろう。しかし、人間の多くは先のことまでは見通せないのが普通で、法律とは、そういう人々が作ったものである。だから、予想しなかった事態が起った場合は、法律の許す範囲でそれをどう運用するかという、柔軟性が求められてくる。

もしも私がそれをできる立場にいたのであったら、せめて掃海艇ぐらいは、国会の可決も待たずに出港させていただろう。そして、国会で審議されている間は公海上に待機させる。これならば、採決が終ったとたんに作業にかかれる。各国の掃海作業が終った頃にようやく日本艇は作業開始などという、ヘマはしなくて済んだのだ。反対に、国会が否決すれば、まわれ右して帰ってくるだけである。

ペルーのケースでも、日本にも特殊部隊があるのだそうだが、この種の組織は機能性を重視すれば軍隊に所属すべきだが、日本では警察に所属しているらしい。だが、今回の場合は、かえって動きが自由になれたのではないかと思う。軍隊の他国への移動は憲法で禁じられているが、警察力の移動までは禁じていないのではないか。日本大使公邸の警備の担当は、警察からの出向者なのだから。

それで私だったら、事件発生直後に警察所属の特殊部隊を、ペルー国内に大使公邸以外の日本領土があればそこに、なければペルーの隣国にある日本大使館向けに出発させ、そこに待機させる。これを使って単独で実力行使に出るか否かは、別の問題だ。テロリスト側は人質という「武器」を手に交渉しようとしているのだから、こちら側だけが丸腰で臨む理由はない。また、ペルー政府側に実力行使の気がある場合でも、共同してことに当ることも可能になったろう。なにしろ事件は、日本国内で起ったのである。

自分たちの問題は自分たちで解決しなければ面目ない、と言ってみたくなりませんか？

（一九九七年五月）

若き過激派

三週間ほどの日本滞在を終えてイタリアにもどってきたばかりなのだが、帰国中、マスメディアへは不参加で押しとおした。書く気はもちろんのこと、話す気さえもなかったからである。

現在の日本は、「やるべきこと」が何であるかはわかっていて、残るはそれを「やる」だけだからだ。ところが私ときたら、二千年昔の古代ローマの話とはいえ、やるべきことはやった人物を書いた作品の刊行を一カ月後に控えているのだった。書ききった、と思える状態の作家は脱殻《ぬけがら》なのである。

だがマスメディアは、これくらいの理由では引き下がらなかった。『ローマ人の物語』を読む人ばかりではないと、正論を吐く。まったくそのとおりで、テレビの視聴率にすれば

○・二パーセント程度の読者数しかもたない現状では、他の媒体で話す意味は充分にある。

また、私の今回のマスコミ拒否には担当編集者も不満らしかった。前宣伝のチャンスを逃がすわけだから、こちらのほうも正論である。

しかし、テレビや雑誌や新聞で話すことと、一冊の書物で伝えうる情報量のちがいは大きい。前者では、何をやったか、は伝えられるが、何をどのようにやったか、までは伝えにくい。与えられる時間の問題というよりも、口を使う伝達法は文章で伝えるのに比べれば、どうしたって限界があるということだろう。

というわけで、ローマの拡大安定成長を目的にした構造改革の実行者アウグストゥスを書きつくした私は、日本の拡大安定成長を目的にした構造改革の実施を迫られている人々に対しては、無言でとおしたのであった。

歴史に少しでも親しんでいる人ならば同意してくれると思うが、古今東西の別なく民族の「生命」の長さとは、ある時期に真のリストラ、つまり再構築をやれたか否かにかかっているのである。私ごときが数回、伝えうる情報量の不足にいら立ちながら話したとて何になるだろう。日本人全体の問題であるからだ。それをやれる権力をもっている人々が勇気をふるい起し、もっていない他の人々はその必要性と実行力を認め補佐してはじめて、民族の「中興」は実現するのである。

しかし、マスメディアでの発言はしなくても、人に会い話を聴くことはやめなかった。一年ぶりの帰国だからと温泉に行ったり禅寺にこもったりするには、私という人間は好奇心が強すぎるのである。

ところがここで、私の今回のマスメディア不参加がプラスに変ったのだ。テレビ番組でも雑誌の対談でも会うのは有名人が多くなるが、それをしないとなれば、無名人、または今のところは有名でない人になるのは当然である。年齢も、四十五歳前後を境にしてその下。ある日などは、四十五以上はぶっとばせ、の雰囲気だったから愉快だった。

つまり、今回の帰国中に最も印象深かったのが、この「下剋上」的気運だったのである。それも、社会から取り残されいわゆる窓ぎわ族になったわけでもない人々の間に、下剋上の気運が充満しているらしいのがよかった。

政も官も民も問わず、現状維持しか考えない四十五歳以上はぶっとばせ、なのである。しかも、それを考え言う人々は、たとえ日本が現状維持のままで進むとしても、少しも不都合のない人々なのだ。いや、現状のままのほうが、彼や彼女たちの出世は保証されているのである。それでいて、構造改革を望んでいる。

「元老院体制」の打倒を宣言したカエサルの許に参集した、キケロの言う「ローマの若き過激派」たちもこんなふうであったのかと思ったら、日本の将来にも希望をもてる気がした。カエサルはもちろんのこと「若き過激派」たちも、元老院体制下では身分も豊かさも保証されていたのだから。それでいて、「ルビコン」を渡ったのであった。そして、その中の一人アウグストゥスによって、ローマの「中興」は実現する。

とはいえ、彼らを率いて「ルビコン」を渡ったのは四十五歳より上の世代のカエサルだったが、今の日本には、そのような中高年はいるのであろうか。

（一九九七年六月）

「公」と「私」

帰国中に会った人の一人から、正直な想いを打ち明けられたことがある。その人の年齢は三十代後半。外国との折衝も多い経済官僚だ。そのためか、日本の安全保障に想いを馳《は》せることと多き日々を送るようになったのだろう。

彼は言った。日本の防衛をどうにかしなければならないのはわかっているのです。ただ、きみ自身は死ねるのかと問われて、答えることができなかった。一歳半になっている娘が可愛くて、その娘を残して死ぬのかと思うと、正直言って答えにつまってしまうのです。

見事にも健全な「私」の論理である。このような心情に対しては、反論は役立たない。とはいえこの人も折衝相手のアメリカの高官に、私にしたと同じように真情を吐露することはなかっただろう。アメリカの兵士にも、一歳半の可愛い盛りの娘を残して軍務についている人はたくさんいるのだから。しかし、この種の「公」の論理といえども絶対に、「私」の論理を捨てさせる役には立たない。なぜなら「私」の論理こそ、人間の心情の基盤を成しているからである。

「私」の論理も「公」の論理も、両方ともが正しいと思う。とはいえ、「私」にばかり立脚していると、共同体の成員としては無責任のそしりをまぬがれないばかりか、早晩他の成員たちから憎まれ軽蔑されるのは眼に見えている。かといって「公」ばかりを頭に置いて行動すると、「私」という健全きわまりない基盤から足が離れてしまい、イデオロギーとか体面とかのために「私」を犠牲にすることになりかねない。つまり、「私」の論理も「公」の論理も、両方ともが必要なのだと思う。

自由と秩序だって同じことだ。「私」と「公」に似て、「自由」と「秩序」もまた、相反するしかない概念だからである。と言って、自由のためならば秩序は犠牲にしてもよいとまで思う人は、冷戦体制崩壊後の今はいないだろう。だが、イタリアから近いアルバニアでは、九割の健全な人々が一割足らずの無法者の振りまわす武器の前に手も足も出ない現実が展開していて、「公」の不在のもたらす弊害と「秩序」の重要さを痛感させてくれる。

相反する概念というならば、戦争と平和がある。だがこれは、私と公、自由と秩序の二概念とは同じではない。死の商人を除けば他は誰もが平和を望み、また正しいか正しくないかの議論でも、勝負ははっきりしているからである。両方とも必要などとは、もちろん言えない。

ならば、どうすれば両立は可能だろうか。どのように言えば、幼い愛娘を前にして「私」と「公」に引き裂かれる想いでいる人に、精神面での〝落としどころ〟を指し示すことができるであろうか。

歴史に親しむ歳月が重なるにつれて私の胸を満たしはじめている想いは、「これ一つ」などは所詮存在しないということである。「私」と「公」でも、「自由」と「秩序」でも、これらは矛盾するがゆえに両極にある。われわれ人間はどう行動すればよいかへの答えは、そのどちらか一つに寄って生きるのではなく、二極の間を必要に応じて移動しながら生きることではないだろうか。なにしろ、幼い娘の将来ばかりに想いがいくと共同体の安全保障への覚悟が鈍ってしまうが、鈍ったままで放置すると、今度は成長したときの娘の安全が保障されなくなる。

また、「私」と「公」を、自分と会社と考えることだってできる。総会屋事件は、「公」を重視しすぎたあげくに「私」をなおざりにしてしまった人々の悲劇である。

かといって「私」ばかりを重視していると、かえって「私」の抹殺《まっさつ》に終りかねない。誰にだって、好悪の感情はある。しかし、多くの人は決定的な爆発に至る前に、それを自分でコントロールする。これを別の言葉に換えれば、常識が働くという。

とはいえこれは、互いに矛盾する両極の中間に位置すれば可能というわけではない。定位置はないのだ。自己コントロールという言い方が示すように、移動はそれをする人のバランス感覚にかかっている。

不祥事が起るたびに人々は嘆きその原因探しに熱中するが、所詮はそれも程度問題ではないかと思う。安心して寄りかかれるような答えは、人間社会には存在しない。


（一九九七年七月）

八月十五日に寄せて

今年の八月十五日を、日本ではどのように過すのだろう。第二次大戦は、もう振り返らないのだろうか。もしも振り返るとしたら、どのような形で振り返るのであろうか。

私の場合は、七、八、九月は集中勉強の時期だから、午前中は例によってローマ史の勉強で過ぎるだろうが、午後は山本七平の著作を読んで過そうと思っている。その中でもとくに、太平洋戦争を現場証人の立場で書いた、『ある異常体験者の偏見』『一下級将校の見た帝国陸軍』『私の中の日本軍』の三作。

山本七平の著作のいくつかは読んでいたが、この三作は未読であったのだ。その理由はおそらく、この三作の『文藝春秋』誌上での発表時期が一九七四、七五、七六年と二十年余りも以前のことで、当時の私はイタリア・ルネサンスに集中していたからだと思う。それが今になって読む気になったのは、古代ローマの軍隊ならば一応は把握できたので、さて日本の軍隊はどうなっていたのか、ということに興味をもったからだった。

今のところ（八月三日）では、『私の中の日本軍』と『ある異常体験者の偏見』の半分しか読み終えていない。この遅さは、あまりのショックで夜に読むと眠れなくなり翌日の勉強にひびくので、午後の二、三時間しか読んでいないからである。なぜショックかというと、山本七平はあの完璧な敗北の原因を、多くの人がやるように日本の軍の上層部の無能にも天皇制度の落とし穴にも帰していないからなのだ。いやいくぶんかは〝帰して〟いるが、最大の要因は、日本人自体のものの見方とものの考え方と事への処し方にあったと言っている。だからこそ責任も、マスメディアを先頭にした日本人全員にあることになる。私個人の感想を一言でいうならば、日本軍とは、古代ローマの軍隊とはまったく反対のことをした集団であった、につきる。

一例をあげれば、フィリピンに五十万以上もの兵士を送りこんでおいて、補給は保証できないから必要品は現地調達せよ、とはどういうことなのか。

大東亜共栄圏をつくりたかったのなら、日本軍が進攻した先である中国もフィリピンもどこも、大東亜共栄圏に組みこまれることを考えねばならない。そのようなところで日本軍式の現地調達をしては、味方になりえた人々まで敵にまわしてしまうことは必定ではないか。

ローマ軍も、現地調達が皆無だったわけではない。だが、基本方針はあくまでも、本国からすでにローマ化成った属州からの補給にあった。だからこそ、ローマ式街道網を張りめぐらせたのである。やむをえず現地調達しなければならない場合でも、軍票と呼ばれて国際金融市場では換金不可能な紙きれでなく、額面価値はイコール素材価値でもあった銀貨銅貨で支払われたのだ。これでなければ、帝国を存続させることはできない。補給軽視の国に、共栄圏のリーダーになる資格はない。

第二に、古代のローマ軍は玉砕戦法に無縁だった。最高司令官が第一に心しなければならないのは、最少の犠牲で最大の戦果を得るという、考えてみれば実に平凡な常識だったのである。

なぜなら、この常識を忘れてしまうと、兵力の増強に向わざるをえない。しかし、非常識な増員は社会生活の続行に支障をきたし、軍事費の増額は増税につながる。つまり、すべての面でムリをすることになるのだ。ムリは一時期はできても長期は不可能だから、所詮は軍事が国家を押しつぶす結果に終る。ローマ軍の主力である軍団兵力はローマ市民（男のみ）の数の三パーセントを限度としたのが、アウグストゥスによる軍制改革であった。太平洋戦争当時の日本軍の総兵力は最大時で、日本人全体の一〇パーセントになっていたという。
そして、最後は「精神力」への考え方のちがい。『ガリア戦記』でカエサルは、冷静に敵と味方の現状を述べた最後に、兵士一人一人の精神力ならばわれわれのほうが優れていた、と書いた。つまり、精神力という不確定要素は、他の諸々の確定要素の後にくる。それなのに、日本軍では最初にくるのだ。要するに、日本の反映でもある日本軍は、ムリの連続であったことになる。そして山本七平は、なぜそんなことが可能であったのかまで追究している。
戦争を知らない若い世代にはとくに、読むことを心からすすめたい。

（一九九七年八月）

〔追伸〕　外国人が日本の昭和を書くとしたら、山本七平のこの三作を第一級史料にあげるだろう。これらを読めば、山本七平がなかなかに有能な下級将校であったことがわかる。上官からは便利がられ、兵隊たちからは頼りにされる人であったのだ。
最上の批判は内部からの告発だが、同じ内部の人間でも無能な者による告発が感情的に流れやすいのに反して、有能な人からのそれは、内部を冷静に観察してのうえだから冷徹な分析になっており、それゆえに説得力が強いのである。

王女ダイアナ

プリンセス・ダイアナの死は、古代ローマの皇帝たちを書いていかねばならない私に、あることを考えさせるきっかけを与えてくれた。それは、人気と業績の関係についてなのである。この種の関係ならば、皇帝たちも三種に分類できそうだ。㈠業績はなかったけれど、人気だけは高かった人。㈡業績は見事なのに、人気には恵まれなかった人。㈢業績もすばらしいが、人気も高かった人。

ただし、ここで言う人気とはあくまでも同時代の大衆によるもので、史家たちの評価が高かったというのとはちがう。識者による高い評価とは、もはや業績とすべきなのだから。そして、これに関しての考察は、『ローマ人の物語』を書き進めていく中で進めていくことになるだろう。

だが、ダイアナの死をめぐる報道フィーバーの中で、もう一つのことも考えたのである。それは、現代人にとっての王室の存在意義についてであった。

もしも王室に存在意義があるとする立場に立つならば、ダイアナの最後の恋愛は困ったことになっていただろう。今度の相手だけは、イギリス国教徒ではなくてイスラム教徒であり、しかも「死の商人」視されていてとかくの噂多き人物の甥にあたる。もしも二人が結婚でもしようものなら、将来の英国王は、種ちがいの弟か妹かに、この種《しゅ》の人をもつことになってしまう。そのうえエジプト人であることは、イギリス国民にとっては旧植民地の人間ということなのだ。大金持であることなど、こうなるとまったく無関係になる。死の直後にアラブ系のマスメディアから、イギリスの秘密警察の仕わざだという声があがったが、それもこの点をふまえての推理にちがいない。

なにしろ現代の王室とは「君臨すれども統治せず」で、英王室にいたってはこの路線の本家という感じできたのに、もしもこの人物との関係を認めようものなら、「君臨」さえもできないことになる。なぜなら、君臨するからには、臣下たちの御手本であることくらいは守らねばならないからだ。

しかし、二十一世紀に手をかけている現代人に、「君臨」される必要はあるのだろうか。ドイツ軍による激烈なロンドン空爆に耐えぬいた当時の国民をなぐさめはげました父王を見てきたエリザベス女王は、その意義に疑いをもつことなく生きてこられたのであろう。日本でも、敗戦直後の天皇の全国行脚というのがあった。あの時代ならば、「君臨」の意義は充分にあったのだ。

しかし、今のわれわれのかかえる諸問題は、王室がなぐさめはげますくらいでは解決しようがない。先進諸国の失業の増加。政治的にも経済的にも、後進状態から抜け出る望みもない国々。そしてそれから逃れようとする人々による、先進地帯に向けての止まらない出血に似た難民の移動。

五十年昔の困難は、我慢して起《た》ち上がれば解決できた問題だった。だからこそ、象徴的な誰かがなぐさめはげますのも効果があったのだ。しかし、五十年後の現在の難問は、真の意味での「統治」でしか解決できない。そしてそれをやるのは、政府である。君臨すれども統治せず式の王室の存在意義は、ほんとうのところは、とうの昔に終っていたのではないだろうか。

ならば、これ以外の存在理由はどこに求められるのだろう。ダイアナが体現したそれは、タレントであったと思う。統治もせず君臨もしない王室には、タレント化こそが自然な生き残り路線なのかもしれない。

これならば彼女は見事だった。皇太子妃でも男と別れる際には手切れ金を払わせることも可能だと示してくれたし、右左かまわずの恋愛沙汰から、時と場所に適した豪華な衣裳は、超ミニもふくめて女性誌や写真週刊誌が無視することを許さない見事さだった。社交と慈善の絶妙な配分も、常なる話題の人になる資格充分である。この彼女を、いまだ君臨を信じている女王が嫌ったのも当然だ。しかし彼女の死は、タレント派の後退を意味するよりも、君臨派の譲歩を意味しそうである。とはいえ、問題は簡単ではない。なぜなら、大衆とは、自分たちと同じであることを求めるくせに、同じになるやたちまち飽きてしまう人種なのだから。

（一九九七年九月）

修道女マザー・テレサ

プリンセス・ダイアナはその死の一カ月後の今でも何かと話題になるが、ダイアナの一週間後に亡くなったマザー・テレサのほうは、インドでの国葬の後はマスメディアで取りあげなくなったから、人々は話題にもしなくなっているにちがいない。人気と業績との相互関係は、意外と薄いのではないかと思ったりしている。

しかし、私の考えるには、マザー・テレサという人は、慈善事業に一生を捧げたというに留まらず、実に刺激的な問題提起を残して死んだ人であるように思う。私が彼女を、大変に高く買う理由は三つある。

第一に、救いの手を差しのべた貧しい人々に対し、キリスト教への帰依《きえ》を求めなかったこと。第二は、彼女が与えようとした救いは、貧困や病気からの脱出よりも、その中での安らかな死のほうにあったこと。第三は、彼女が先頭に立って行う慈善に要する費用を集めるために、積極的にマスメディアを利用した冷徹さである。

マザー・テレサは、常にマイナーな道を選択した人であった。

生れはマケドニア。マケドニアでは、五百年昔の東ローマ帝国滅亡後からはギリシア正教徒やイスラム教徒が多い。そのマケドニアでキリスト教徒、しかもあの地方ではギリシア正教徒に比べれば少数のカトリック教会に属すキリスト教徒を選んだのだから、マイナーもいいところだ。ところがさらに、カトリック教徒がメジャーな西欧で慈善事業をはじめたのではなく、ヒンズー教が支配的なインドのカルカッタを、彼女は活動の舞台に選んだのだった。よほどのマイナー好きですね。と言って悪ければ、相当な挑戦意欲の持主である。しかも彼女は、実際行動面でさえも、彼女の属すカトリック教会の中では、ほとんど異端としてもよいほどの態度で通したのだった。

キリスト教は一神教である。ただ一人の神によってしか人間は救われないと信ずることによって、成り立っている宗教である。当然、このただ一人の神の恵みを知らない者は「迷える小羊」となり、その者は連れ帰ってキリストの愛の恵みにひたらせる義務が、キリスト教徒にはある。あると、彼らは確信している。この頃のカトリック教会は他の宗教の存在も認めるように変ったが、一神教徒であることは捨てていない。ゆえに、キリスト教への帰依を求めないというマザー・テレサの態度は、この頃では異端視はされなくなっても、マイナーであることには変わりはない。宗教は信じなくても信教の自由は信ずる私ならば、これでこそ良しとなるのだけれど。

また、慈善事業とは、貧困の追放と病気の治療を目的としてなされる。いや、なされるべきと、それにたずさわる人々の多くは考えてきた。それなのにマザー・テレサは、愛につつまれて死なせることを第一義と考えて、彼女の事業を遂行してきたのである。だからこれも、ヨーロッパ人の考えでは完全にマイナーに入る。

しかし、貧困の完全追放は人間が地球上に存在するかぎり不可能であり、またいかに治療をつくしても快癒不可能な病気があると思う私だが、いかなる人にも一人で孤独に死んでいくことから解放される権利はあると思っている。もはや食物も口にできなくなった病人でも、差し出される一杯の白湯《さゆ》が、自分は誰からも見捨てられて孤独に死ぬのだという絶望から解き放ってくれるのである。一人でないと思えば、人間は安らかに死ぬことができる。

そして、これまた伝統的な宗教人ならば眉《まゆ》をひそめかねない、マスメディアの積極的活用。あるときのテレビ・インタビューで、カメラマンたちにつきまとわれて不快ではありませんかという質問に、彼女はこう答えていた。

「とんでもない。フラッシュがたかれることと、わたしの仕事に入ってくるお金が増えることはつながっているのですから」

だからこそ、ダイアナと手をつないだりもしたのだ。つきまとうカメラマンを振りきろうとして車をぶつけ死んでしまった誰かとは、大変なちがいである。

時たまの寄附以外は慈善とは無縁で過してきた私だが、はじめて定期的な寄附をすることを考えている。私の送るお金で、毎年何人かの人が安らかな死を迎えることができるのならば。


(一九九七年十月)

手段と目的

ヴィデオに収録して送ってくれる人がいるので、日本のテレビ番組もいくつかは見る。その中に『ニッポンを問う』と題した番組があって、猪瀬直樹とウォルフレンの二回にわたった対談だった。今回はその感想をのべてみたい。

印象的であったのは、猪瀬氏が終始浮かない顔をしていたことだった。そしてそれを見ていた私も、浮かない顔でありつづけたことでは、彼とまったく同じであったのだ。なぜだろう。

ウォルフレン氏の日本と日本人に対する批判が、いやになるくらいに正しいからである。とくに、第二次大戦中の日本の軍部の暴走が、軍部に権力が集中していたがゆえではなく、軍部もふくめた当時の日本の責任体系が、つまりは権力構造が、明確でなかったがゆえに生じたという指摘は卓見だった。

しかし、たとえ欠陥であろうと正しいことを指摘されるのならば、「浮かない顔」をしつづける理由はないのである。指摘された欠陥は改めればよいのだから。「浮かない顔」は、猪瀬さんもそうでなかったかと思うが、少なくとも私の場合は、指摘の後につづいたウォルフレン氏の日本の改革に対する提言が、まったく説得力をもたないからだった。なぜなら、説得される側に実現の可能性を感じさせてこそ、説得力をもつといえるからである。

ウォルフレン氏の論法はいつも同じなのだが、彼は日本人を、正真正銘の民主主義によって裁く。つまり、有権者である国民は政治に関心を持つべきであり、政治家は政策立案能力によって官僚を使いこなすべきであり、官僚は行政に徹して政治に口をはさんではならず、マスメディアもそれを正確に報道すべき、というわけだ。

しかし、猪瀬氏も同じと思うが、われわれ日本人は知っているのである。国民は政治に無関心であり（低投票率が示す）、政治家には政策立案能力などなく、官僚は、それがたとえ憂国の念から出たにしても越権行為を当然と考え、マスコミに至っては批判ばかりしていて目的を見失うという、現状を知っているのである。

とはいえ、猪瀬氏もそうだったが、日本側はウォルフレン氏に反論しない。民主主義的には正しい指摘なのだから、こちらも民主主義の立場に立てば、反論しようもないからである。

しかし、民主主義とは何であろうか。私の考えでは、あくまでも手段である。最大多数の平和と繁栄を期すという目的に近づくための、手段の一つでしかない。そして、この意味の手段を一応は駆使出来ている国はイギリスとアメリカの二国、その次あたりにフランスとドイツがきて、日本はまあ三列目ぐらいにくるかどうか、というのが私の感想だ。ウォルフレン氏の祖国オランダは小規模な国なので、比較の対象にはなりえない。小国は大国に比べ、貧しさの追放から何から、実現するのはよほど簡単なのである。

二年前にこのページで、二〇〇〇年までの五年間の政治休戦を提唱したことがあった。挙国一致内閣でも何でもいいが、その五年間にかぎり選挙はなしにして、国会議員には改革に専念してもらおうというわけである。ウォルフレン氏ならば批判するだろう、民主的でないと言って。批判は当然だ。主権在民からすれば、その国民の権利である選挙権を、五年と限ったにしろ取りあげるのだから。

しかし、行政改革ひとつ例にあげるだけでも、改革するのは国会議員であり、改革の対象となっているのは官僚である。ところが国会議員は、選出されなければその地位を失う。当選するには選挙区への利益誘導が欠かせないのも日本の実情で、その蛇口の開閉を手中にしているのは官僚なのである。つまり私は、官僚に首根っこを押さえられている国会議員という状態を、五年間は選挙なしという非民主的な方法にしても、打破することを提案したのだった。

この提案は問題にもされずに消えたが、ウォルフレン氏とちがって私は、民主主義を貫き通すことでの問題解決の可能性を信じていない。思想よりも、人間性の現実を直視するほうを重視するためかもしれない。ウォルフレン氏は嫌いでしょうね。目的実現のためには、有効ならば手段を選ばず、なんて言ったマキアヴェッリを。

（一九九七年十一月）

凡才の害毒

日本チームも九八年のワールドカップに出場が決まって、やれやれ良かった、の感じだ。イタリアチームも、いつものことで下位チームに取りこぼしをするものだから、やれやれ良かったと思うまでにはイタリア中はハラハラしたのだった。出場が決まるか否かのロシアとの第二戦の日などは国会でさえ休会で、この日に限ってはイタリアは挙国一致であったと確言できる。そして、やはりそこは日本とちがって、出場できると決まって以後の話題は、ワールドカップで優勝できるかどうか、なのだから豪勢だ。

実際、イタリアチームの顔ぶれはスゴい。ディフェンスは定評のあるところ。センターは少し弱いかなと思うが、フォワードに至ってはキラ星のごとくといってよいくらいの豪華陣容である。デルピエロ、インザーギ、ヴィエリ、カジラーギの若手に、ゾーラ、ラヴァネッリ、ロベルト・バッジオ、ヴィアーリ、マンチーニ、シニョーリのベテランと、十人ぐらいはただちに名があがる。前半と後半で二人一度に入れ換えてはどんなものかと、私のようなシロウトは考えてしまうくらい。とはいえバッジオ以下の四人は、ここ数年、代表メンバーには招集されていない。個人プレーが多いという理由だ。つまりは監督の指図によく従わないからなんでしょう。私の想像では、監督が使いこなせないのだと思う。彼らの華麗なシュートやパスを見るだけでも相当な個性の持主にちがいなく、ここ数年凡人つづきのイタリアチームの監督では、彼らほどのスター選手は重荷なのだろう。

それでだが、九八年のワールドカップでは、イタリアは優勝できないというのが私の予想だ。私のシロウト考えでは、勝つには不可欠な条件が、少なくとも二つある。第一は、強烈な自信をもつ監督。第二は、チームを引っ張っていく力のあるキャプテン。

イタリアチームの弱点も、右にあげたこの二つ。甘い美男のマルディーニは第一級のガードだが、勝利に向けてチームを引っ張っていくには迫力を欠く。敵も迫力を感じないだろうが、最も大切な味方の選手が感じないのだから困ってしまう。

しかし、イタリアチームのアキレス腱は監督だ。前回のアメリカ大会では、「イタリアは監督なしでファイナルまで進んだ」と、サッカーのことなどあまり知らないアメリカの新聞にさえ書かれる始末。サッキという名の男なのだが、現役時代はたいした選手でなかったためか劣等感が強く、そういう性格の人が絶対権力をもつとどうなるかの好例で、選手たちを自分の考えで律することだけに全精力を傾けたのだった。つまり、管理サッカーを実行したのだが、それも作戦面だけでは満足せず、試合には必ず精神分析医を同行し、選手たちには治療を強制したのである。イタリアのナショナルチームに選ばれるくらいだから、選手たちはプロ中のプロである。負け試合の後だろうと自分で自分をコントロールできなければプロではない。おかげでせせら笑って治療に行かなかったベテランが多く、怒ったサッキがやったことは、これらベテラン連中をナショナルチームから干したことだった。

顔も神経質。何か言えば、自分の弁解と選手の批判。これでは勝てるわけはなく、ヨーロッパ選手権では惨敗に終った。だが、無能な者ほど地位にしがみつくもので、やめさせるのも大変だったのだが、それもようやく解任した後を継いだのが現監督のマルディーニ。現キャプテンの父にあたる。

監督マルディーニの実績は、一九八二年に優勝したときの監督次席と、ジュニアチームを率いての連勝のみ。私の考えでは、次席ができたからといって主席もできるとは限らず、二十一歳以下を率いて成功したからといってスター選手を使いこなせるとは限らないと思うが、イタリアのサッカー協会も凡人の集まりらしく、凡人は凡才しか好まないものなのである。この人の自信薄弱は、顔に現われている。そのためか、若手しか使おうとしない。試合中というのに選手起用で監督次席と言い争ったことが、そのときの言葉そのままでスポーツ新聞にスッパ抜かれる始末。

これでイタリアチームがファイナルまで進出するとしたら今回も「監督なし」であるにちがいなく、イタリアのサッカーほどイタリアという国を映す鏡もないのである。

（一九九七年十二月）

〔追伸〕　あんのじょう、翌年に行われたワールドカップでのイタリアチームは、準々決勝で敗退した。よくやった、とは誰一人言わなかったのだから、まだ救いはある。敗退したのが準々決勝であったことなど問題ではない。スポーツの世界での勝利とは、イタリア人にしてみれば、優勝してはじめて言えることである。参加することに価値があるなどというたわ言は、誰も口にしないところが気持よい。

ショッピング

どうしてわれわれ日本人は、他人と同じことをしたいのであろう。他人と同じことをしていれば安心と思うからだとある人は言ったが、同じにしている限り優れたことをするのも他に勝つこともできないのではないだろうか。

日本と西欧では、店員の勧め方からしてちがう。日本の店員は、これは評判が良くて皆さんがお買いになります、と言う。反対にイタリアでは、これはあなたにとても良く似合います、と言って勧める。機械製品であったなら、評判が良くてたくさん売れるということは、保証のようなものだから、私も買うだろう。だが、ドレスやバッグや装身具のようなものだったら、たくさん売れると言われたとたんに、私だったら買わない。

ローマの街中で日本からの旅行者の買物を見ていると、評判のブランドの店にしか行かない。良いブランドでも、評判にならないと足も向けない。ましてや日本に名を知られていないと、良い品を置いていても日本人の姿を見たことがない。そして日本での評判とは、女性雑誌や旅行者用のカタログ誌が取りあげた場合にかぎるのである。イタリアの製造業者は、だから、これらのメディアの担当者を最も大切にする。いかに良い品を作っても、いかにショウ・ウィンドーに美しく展示しても、日本の媒体に取りあげられない限り売れないことを知っているからである。

また、日本人のショッピングには、もう一つ特徴がある。お金は豊かなくせに、高価な品は意外と買わないということだ。それでいて、数ならばたくさん買う。

日本からの旅行者の出入りが目立ちはじめると、店に置いてある品の構成が一変する。イタリアでは普通の勤め人は高級店には足を向けないので、そのような店にはもともと高級品しか置いていないのだ。それが日本人に好まれだすと、まず最高級品が姿を消す。次いで、それまでは店の片すみにあった中級品が主流になってくる。高級店だから中級品であったので、一般の店の品に比べれば、中級の上というところか。日本人が最も好むのは、このクラスの品である。アルマーニ、プラダ、グッチ、フェンディと、日本人の嗜好に合うように、高級店から中の上に様変わりした店は数多い。日本人にモテはじめるや、つづいて韓国人と台湾人にモテはじめるのだから面白い。どうやら、誰もが同じを好む性向では、アジア人種は似ているのかもしれない。

そうなると、不況への入り方もそれからの脱出のしかたも、似ているのであろうか。ところが、戦闘でも、敵と同じやり方で闘っていては負けてしまうし、他者より成功したいと思えば、他者とちがう方法を採らなければ成功できないのである。もしかしたら日本人は、勝とうと思う場合でも、方法のちがいで勝負するのではなく、方法は同じでもそれに投入するエネルギーの差で勝負しようとしているのであろうか。

危機からの脱出という目標は同じでも、脱出の方法ならばいくつもある。

第一は、これまでの〝危機〟の歴史を勉強して、そこにあらわれた脱出の方法を参考にする。参考にするのは、同時代の他国の例でもかまわない。

第二は、他国や他者の例の勉強はそこそこで留めておいて、後は頭の中を真白にするよう努める。真白になった頭の中に、まったくの普通の常識に従って、自国なり自分なりのもつ要素を並べてみる。そして、並べたエレメントをもとにして対策を考え出すのだ。

方法の第三は、危機脱出に成功して再び勝者に返り咲いた国なり人なりのドキュメンタリーフィルムでも、じっくりと鑑賞することである。スポーツものでもよい。ただし見ている間は絶対に、自分を襲っている危機やそれからの脱出法についてなどは考えてはならない。ただただ虚心になって見るのだ。それをしばらくつづけていると、気分が良くなってくる。当り前だ。勝者の姿を見ているのだから。そして、気分が良くなれば、対策など自然にわいてくるものである。

第一の方法は、学校での成績の良かった従来型のエリートに向いており、第二の方法は、これまでの日本ではアウトサイダーであった人々に適し、第三の方法は、明日は明日の風が吹くとうそぶいている、長期必勝型に向いている。今の日本に必要なのは、第二と第三に属する人々である。

（一九九八年一月）

慨嘆、言い換えればグチ

日本人に向けて現代の日本について語ることが、しばらく前から苦痛になっている。No-pan-shiabu-shiabu をイタリアの新聞の説明ではじめて知るのだから、語ること無しの一言につきる。日本では外国に住む日本人、それもなぜか女、のものする日本人を悪く書いた書物が売れているらしいが、私には日本人外国人の別なく、悪口を書いて稼ぐ趣味がないので、今のような時期にはなおさら困る。

もともとからして才能に恵まれない人々に対しては、私はけっして不親切ではない。ただし、才能に恵まれているにもかかわらず、その活用を知らない人々に対しては厳しくなる。日本人は、民族としては後者に属す。それなのに今や、他国に貸したお金が山ほどあるのに破産という、歴史上でも前代未聞の例をつくりつつある。このまま放置しておけば、ではあるけれど。

というわけで、日本人の一人である以上は同じ日本人を糾弾する気にもなれないので、ただただグチることしかやれないのだが、以下、思いつくままにグチを列挙することにする。

廃業に追いこまれた山一證券の社員には、有り金はたいて自社の株を買い、それが紙くずと化したのがかわいそう、という声が日本であがっているらしいが、私は少しもかわいそうに思わない。金融業にたずさわっていながら、リスクの分散くらいは考えなかったのか。そんな初歩的なことも考えないで株や債券を売っていたのだとすれば、廃業になるなど当り前である。

それに日本の金融業者は、金融業とはバクチであることがわかっていないのであろうか。とくに銀行員は、ジェントルマンの仕事をしていると思っていたのではないか。金融とは、切った張ったの世界であって、ジェントルマンをやっていては成功できない。お金を託すほうも、もうけてくれればよいので、もうける人が紳士かどうかなどは関係ない。ビッグバンともなれば、ジョージ・ソロスのような非ジェントルマンが大挙して押しかけてくるだろう。自分の作る製品を売るぐらいが、日本人の能力の限界ではないのか、と思ったりしている。

また、日本は中国よりも多量にアメリカの国債を買っているらしいが、アメリカがそれが売られるのを心配しているのは中国に対してで、日本に対しては心配もしていないという話である。日本側も、世界市場への責任感からも、そのようなことはしないと言っているらしい。もしもこれが真相ならば、これほど馬鹿気た話もない。

まず第一に、心配させないでいれば相手から軽視される結果になりがちであることは、男女関係でもイロハのイである。

第二に、最大の債権国でありながら破産などという事態になれば、まずもってみっともないのは日本だが、日本が破産しようものなら、世界の市場も無事ではいられないのは、誰にもわかることである。だから、イイカッコなんてやめてはどうか。ただし中国のように無責任にも振舞わないでいて、イイカッコをやめるわけである。中国もまだそうは振舞ってはいないが、ジェントルマンであったことは一度としてない中国なので、アメリカも心配しているのだと思う。

それで私ならば、次のように言ってアメリカの賛意を得る。「日本が引き揚げたらアメリカ市場は恐慌になり、世界も同じになる。だが、引き揚げなければ日本は破産し、世界も恐慌になるから、どちらにころんでも結果は同じ。である以上は日本が少しずつ引き揚げるほうが、日本にもアメリカにも世界にもタメになるのです」

グチの最後――今のところ（二月八日）イラクに対し、アメリカは筋肉を誇示している。ガツンとやるぞと言っているのだが、それに賛成しているのはイギリスとドイツ。中国はNOと言い、ロシアとフランスは平和的解決のために動きまわっている。大国の中で何もしないのは、いつものことだが日本だけ。

日本人としては、アメリカとイラクがケンカしないようにと、八百万《やおよろず》の神々に祈るしかない。もしも以前と同じにケンカになったりすると、またもお金をとられるのはわれわれである。〝思い遣り予算〟なんて英語にもできない形容で自国民を騙《だま》すのはやめて、属国税とはっきり言ってはどうであろうか。

（一九九八年二月）

思考停止

「ＮＨＫスペシャル」の一つで、日本大使公邸人質事件の百二十七日間、というサブタイトルのついた、『突入』という題の番組を観た。私は、深く考えこんでしまった。

何よりもまず、事件発生の一週間後にはすでに、公邸内の盗聴システムが完成していたという事実である。複数の盗聴マイクを、誰が、いつ、どこに、どのように設置したのかは明かすわけにはいかないと当事者の一人が答えているので、そのことは措《お》こう。ただし、想像は可能だ。公邸内に食事やその他を運ぶ人々の中に混じった国家情報局の誰かが、マイクを運びこみ、それらを要所ごとに設置したのにちがいない。そして、この情報収集システムの外部のパートナーは、モンテシーノス最高顧問をトップにおく国家情報局で、内部のパートナーは、人質にされた人々の中の軍人や警察関係者の七人であったという。もちろん、全員がペルー人。そして、番組を観るかぎり、このシステムは相当な程度に機能していた。七人が盗聴マイクを使って伝える情報に加えて、テロリスト間に交わされた会話まで収録されていたのだから。

　ということは、フジモリ大統領とモンテシーノス最高顧問がペアを組んだペルー側は、敵地内の、つまりは公邸内のほとんどの情報を得ていたことになる。

　ならば、日本側はどうであったのか。日本側は現地に、対策本部だけは早くも設置していたのである。また、東京の外務省内には、現地の対策本部に指令を発する任務をもつ司令部のようなものが設置され、その責任者は外務事務次官で、ここと首相官邸は密接につながっていたはずだった。ハード面での組織づくりは完璧であったのだ。

　百二十七日後の武力突入を、日本側が知らされなかったことは周知の事実である。だが、私が知りたいのは、百二十日間にもわたっての盗聴で得ていた「情報」まで、日本側は知らされていなかったのかということだ。

　どうやら、知らされていなかったような気がする。この怖れの根拠は、まず第一に、現地の対策本部につめる日本側の誰一人として、また、橋本首相の代理としてペルーに派遣された外務政務次官でさえも、モンテシーノスに会っていないという事実。モンテシーノスが日本側と会うのを避けたのは、日本側からこの「情報」まで知らせよと迫られれば、大使公邸は日本領土でもある以上、拒否することはできないからである。第二は、カナダのトロントで行われた橋本・フジモリ会談の話の成行きだ。フジモリ大統領の証言では、橋本首相はその席で、軍事的な選択は多数の犠牲者を出す危険があるので、「考えたくない」と言ったという。「反対する」ではなくて、「考えたくない」である。反対ならば意思表示だが、考えたくないとなると思考停止である。

もしも私の推理が正しければ、日本側はカードも配られずにゲームに参加したことになる。いや、カードなしでは参加もできないから外に出され、部屋の外から「平和的解決」を連呼していたことになる。橋本首相は、経済援助打ち切りを匂わせながら平和的解決、つまりはテロリスト側の要求を飲むよう迫ったらしいが、脅迫すること自体は悪くない。ただし、脅迫という手段を使うのならば、すべてのカードを与えることのほうを迫るべきであった。

また、人質にされていた青木大使以下の日本人も、「考えたくない」で通したのではないかと怖れる。百二十日以上も一緒にいたのだ。植木鉢の前かなんかでブツブツ独り言を言っている人に、気づかなかったのであろうか。それに、外部に送る手紙は日本語で書けたのである。自分たちは読めない日本語で手紙を書くのを許したテロリストたちもヘマだが、内部の情況を外部に知らせるには絶好の手段であったはずだ。

情報とは、黙っていても入ってくるものと、キャッチしなければ得られないものとに分れる。そして、価値ある情報は後者であることが多い。グローバリゼーションとかビッグバンとかで、日本人と外国人の接触はますます多くなる。何でも話し合う信頼関係を築きたい、なんて甘いことは考えないでほしい。欲しいならば、キャッチするしかないのだから。

（一九九八年三月）

戦略と戦術

二月二十八日放映というNHKスペシャル番組で、『日本経済をどう再生させるか』と題されたものを見た。三時間にもおよぶ番組をはじめから終わりまで見たのは、出席者がいつもの顔ぶれではなくて、経済界の社長クラスという第一線に立って活躍中の人々であったからだ。評論家や学者とはちがう意見が聴けるかと、期待したのである。

結論を先に言えば、日本に官僚が必要であった理由が、私にははじめて納得がいった。

この人々は、それぞれの分野のプロである。これらの人は全員、私の分野であるローマ軍に例えれば、一個軍団の軍団長としてならば、カエサルだって欲しがるにちがいないと思わせる人材だ。この人々の話を聴きながら、一生懸命やっているのだなと、私でも感動した。

ちなみに古代のローマ軍では、軍団長には戦術のプロが登用された。

しかし、四個軍団以上の総指揮をまかされる司令官クラスとなると、戦術の才能に加えて戦略の才も必要とされる。大軍を集結させ、それに必要な兵站《へいたん》を整え、軍を動かし、そこまでしていながら一戦も交えずに目的を達し、達した目的は維持しながらも軍は引く、ということまでやる場合が多かったのだから。

第二次大戦に敗れて以後の五十年の日本経済の戦略は、官僚たちが担当してきたのである。本来は政治家がやるべき責務だが、少数を除いてその才がない人ばかりだったので、日本では官僚が代行してきたのだろう。だが、昨今の官僚には、戦略的思考法に長じた人材が少ないように思う。日本には優秀な戦術家は多いようだが、優秀な戦略家は生れにくいのか。それとも、いても活用されないのであろうか。

ヴィデオに録って送ってくれる人がいるので、NHKのスペシャル番組はよく見ている。いや、喜んで見る。というのは、スペシャルに限れば質の向上はめざましく、以前のように日本が表面に出てくることなく客観的なつくりになっていて、立派に国際競争力をもてる番組が多い。ところが、この『日本経済をどう再生させるか』と題した番組にかぎっては、外国では売れないと私は思う。マイナスの意味で、日本的すぎたのである。もしも私が欧米の多国籍企業や金融機関のトップならば、日本と日本人のアキレス腱が何であるかを自社の社員に知らせるために社内で見せるだろう。なぜか。

他のスペシャル番組は戦術で処理できたが、このようなテーマを、しかも三時間、戦術のプロだけに話させてつくる場合、プロデューサーなりディレクターなりには絶対に戦略的思考が必要になってくる。

なぜなら、まず第一に、日本経済をどう再生させるかという設定自体が戦略である。第二に、戦術のプロの意見の中には必ず、戦略につながる要素が隠れているものだからだ。ただしそれは、質問を向けるなどして引き出さないと出てこない。軍団長を集めて開かれるローマ軍の作戦会議では、それは司令官の役目であり、だからこそ作戦会議を開く意味もある。テレビでは司会者の仕事ではないかとなるが、司会者は台本にないことまでは質問できない。とくにNHKではそうだ。

このまじめきわまる番組は、後半に登場した若いアメリカ人の言った二つのことで、三時間もの苦労が水泡に帰したのである。この人は、司会者が日本型経営の三つの欠点をあげたとたんに、経営には日本型もアメリカ型もなく、良い経営か悪い経営しかないと言ったのだ。そして、この発言であわてた日本側が防戦一方になり、日本型経営の良い点を力説し、果ては誠意とか何とか精神面に逃げこもうとしたとき、このアメリカ人は追い討ちをかけたのだった。性善説よりも性悪説で制度をつくったほうが、人間は良くなるものですよ、と言って。この憎っくき男の名はロバート・フェルドマン。モルガン・スタンレーなる株屋のエコノミストであるという。

しかし、日本経済をどうすれば再生できるかへの答えは、彼のこの二発言につきる。三時間も、カンカンガクガクやるまでもなかったのだ。番組構成上の戦略の欠除の結果が、忙しい人々の三時間以上もの時間のムダであった。まるで、現在の日本の混迷を見るようである。

（一九九八年四月）

「オリーブ」政権

はじめに、おわびをしておきたい。ペルーの日本大使公邸占拠について書いた回で、私は、日本人の人質が出す手紙は日本語で書けたと言ったが、あれは私の調査不足による誤解であった。やはり、テロリストも読めるスペイン語だったそうで、日本語の手紙は、洗濯物に隠して出した場合に限ったとのことだ。それにしても、ようやく日本人の人質たちも語るようになったらしいが、それらを読んでいて感ずるのは、外務省による事件の調査に民間人の人質の証言が活用されていない点である。歴史上、長く平和と繁栄を享受した国では、ヴェネツィアでもローマでも、敗因は細部に至るまで追及された。当事者責任者は元老院（日本ならば国会）に呼ばれ、徹底的に「吐かされた」のである。ただし、敗因は追及したが、責任者の処罰は行われていない。ローマでは、敗者復活の機会まで与えている。

冷徹で正確な調査こそが、同じ誤りをくり返すことから救う唯一の道である。失敗は誰でもする。だが、同じ誤りをくり返さないことのみが、結局は勝者と敗者の分岐点になることを、歴史は教えてくれている。

今日は、日本でも話されるようになったらしい、「オリーブ」について書きたい。政治連合のオリーブとなると、本家はイタリアだからである。

発端は一九九四年、汚職騒ぎで一掃された旧政治勢力に代わって、どの党が政権をとるかを争う総選挙がはじまりだった。元共産党《P・C・I》は、左翼民主党《P・D・S》と名を変えて満を持した。もともとからして、選挙では常に一位か二位の大政党である。組織力も、三大労組を事実上は配下にしての万全の構え。党名を変えたおかげで、また政治方針も西ヨーロッパ寄りにしたおかげで、同志の一部が再建共産党《P・R・C》をつくって離れたが、当時は五分の一が離れた程度だったので、政権奪取の自信はゆらぎもしなかったのだった。

ところが、ふたを開けてみるや、イタリアテレビ界のマードック、と言ってもよりナショナリストでよりセンチメンタル、となるともうマードックではないが、まあいずれにしてもそんな感じのベルスコーニに、政権をもって行かれちゃったのだ。PDSの地盤は組織労働者と、その彼らにストされないことのみを願う大企業だったのに、「フォルツァ・イタリア」

（がんばれイタリア）党を組織したベルスコーニを支援したのは、非組織労働者に中小企業だったからである。それにベルスコーニは元ファシスト党のフィーニと呼応して、「自由の《ポーロ・ディ・リ》柱《ベルタ》」なる政権連合を組んだ。これには、南伊の遅れに腹を立てた北伊の利益代表の観あるボッシの「北部同盟」も加わったから、選挙に勝てたのである。

五十年の忍耐の後にはじめて政権がとれると信じていたPDSは大ショック。オケット書記長は辞任し、ダレーマに代わった。ここでダレーマが考えたのが、「オリーブ」なのである。敵が「自由の柱」なら、こっちは平和を象徴する「オリーブ」、というわけ。目的はただ一つ、選挙に勝つことである。

政治連合オリーブには、右は汚職騒ぎで一掃された残党から左は緑の党まで参加し、中心はやはり最大政党であるPDS。だが、これでも世論調査によれば勝てない。それで、ノスタルジックなコミュニストを集めることになり、離党したために一〇パーセントの支持率を得るまでに大きくなった再建共産党をも加えることになった。ただし、再建共産党は閣外協力を約束しただけ。また、もともとは汚職で一掃されたアンシャン・レジームに属すプローディを、大学教授というクリーン・イメージゆえに首相にすえ、前中央銀行総裁のチャンピを大蔵大臣にもってきて、左派色の一掃にも努めたのだった。日本で言えば自民党の進歩派から共産党までをふくむ政治連合が、「オリーブ」なのである。だがこれで、経済人としては一流でも政治センスでは三流のベルスコーニに勝つことができた。元コミュニストたちにとっては、夢にまで見た政権である。それを手放さないためには、何かと文句をつけてくる再建共産党も、法案への賛否でなく、内閣信任への賛否というやり方で黙らせたのだった。

これでEUにまで入ったのだから、ダレーマもなかなかの策士である。だが、オリーブは地中海地方の特産だから、これをまねしたければ、日本ならば「たちばな」か「さくら」にしてはどうであろうか。

(一九九八年五月)

東京の街角から

一年ぶりで帰国して、二週間がたつ。だからこれは、ローマではなくて東京で書いている。帰国は仕事のためではなく、『ローマ人の物語』の第Ⅶ巻を書き終えた後の休養だから、町中を散歩し、人々を眺め、友人たちとおしゃべりし、これまた久しぶりの日本食を満喫する毎日を送っている。だがやはり、近くで観察すれば多くのことが眼に入るのも当り前で、以下はそれらに対するつれづれなる感想とでもいうもの。

一、まさに今の日本はサッカー一色という感じだ。ワールドカップの年は他の国でもサッカー熱が高まるが、サッカー四強の一国イタリアでさえ、自国チームが勝ち進んでいけば大変な騒ぎになることはあっても、試合もしていない前からのこれほどの騒ぎはありえない。

初出場の喜びはわかるし、不景気な話ばかりの中の唯一の朗報という理由もあるのだろう。だが何よりも、今の日本人が希望をいだきたがっている証拠のように思える。

二、サッカー関係の情報の量のすごさにも驚いたが、経済金融関係の情報量もすごい。普通の頭脳の持主ならば、混乱するのではないかしらん。それも多くは扇動的で、日本は破滅に向ってひた走るという感じだ。これでは財布のひもがしまるのも、普通の神経ならば当然と思う。

日本が危機にあることは私とて同感だが、試合もはじめていない前から、負けたと表明している感じがしないでもない。もちろんのこと海千山千のお相手は、負けたと言う者に対してはこれ幸いと襲いかかり、予測上の敗北を既成事実にしてしまうチャンスを逃さない。ワールドカップでは勝ちもしないのに大騒ぎしていて、金融面では、負けたわけでもないのに負けたと言っては大騒ぎしている感じ。私の唯一の希望は、大騒ぎするマスコミをよそに現場では、冷徹に勝利の、少なくとも負けないための戦略は練り、しかも着実に実施に移しているのではないかということだ。これがほんとうなら、日本人であることを誇りに思えるのだが。

三、NHKの記者二人が質問役にまわっての、橋本首相のインタビュー番組を見た。日本の政治家には言葉がないといわれるが、それはマスコミが話させないからだということがよくわかった。記者二人が向ける質問が、首相が話すのを阻止する質のものばかり。質問はしているのだが、それは話を聞き出すというよりも、私でさえも口をつぐんでしまうたぐいの内容で、あれでは政治家が話をしなくなるのも無理はない。もっと相手を良い気分にして考えを誘い出す質問のしかたが、日本のジャーナリズムにはなぜできないのだろう。

インタビューの出来ぐらい、インタビューする側の能力に左右されるものもない。インタビューというものは、質問で斬りつけるようでは目的は達せられない。斬りつけるのでなく囲いこむようにもっていけば、相手も心がゆるみ、自然に話すようになる。目的は話をさせることにあるので、これ以外のすべては二義的なことだと思う。

四、大蔵省、日銀、民間の金融機関という具合で、権威の凋落《ちょうらく》の激しい昨今、常にアウトサイダーであった、そしてこれからもそうでありつづける私には観察の対象でしかないが、資源の活用という視点に立てば、ということで一計を案じたのである。

解任されたり辞職させられたこれらの人々の再就職はきっとむずかしいだろうし、良くいって大学の教師か弁護士というところだろう。そこを、中坊公平氏（住宅金融債権管理機構社長）の下で働いてもらうというのはどうであろうか。

もともと能力はある人たちだし、住専問題にも縁のある人々なのだから、働き場所を変えて才能を振るってもらえれば、彼らの名誉挽回にもなり日本の役にも立つしで、一挙両得ではないかと思う。孤立無援の中坊氏も、有能な部下たちをもてることになって助かるのではないだろうか。古代ローマ人の敗者復活システムから思いついたのだが、それとも、このような考えは日本では御伽話《おとぎばなし》で終るしかないのであろうか。

（一九九八年六月）

敗北の因

サッカーのワールドカップの準々決勝で敗退して以後のイタリアは、国中が喪に服しているという感じだ。試合終了直後に街中をおおった静けさは、印象的ですらあった。そして、翌日からはじまった自己批判の激しさ。たかがサッカー、などと言うなかれ。予想だにしなかった準々決勝での敗退は、イタリア人に、彼らの考え方への根本的な疑問をつきつけたのである。サッカー強国というならばイタリアとは同水準のアルゼンチンもドイツも準々決勝の敗退組だが、そのようなことは慰めにもならないと、イタリア人は思っている。実際、一、二の新聞が自嘲気味に、お仲間にも不足せず、と書いた程度だった。

だが、強豪チームの主力選手のほとんどがイタリア語でインタビューに答える、ということはイタリアでのレギュラーシーズンの経験があるということだが、それほども各国選手の憧れる水準にあるイタリアが、なぜ準々決勝の段階で早くも敗れたのか。フランスとの試合はPK戦にもちこまれて敗れたのだが、先に点を入れておけばPK戦にもちこまれることもなかったのだから、PK戦での失敗は主たる敗因にはなりえないのである。というわけで専門家たちの評言をまとめれば、次のようになる。

一、鉄壁のディフェンスという過去の成功例に頼りすぎて、サッカーの試合ぶりの変化に乗り遅れたこと。

二、質量とも世界の最高水準を誇る、選手層の活用を誤ったこと。

三、ここ十年間のナショナルチームの監督たちはいずれも、戦略的思考に欠ける人物ばかりであったこと。

サッカーもまたヒューマン・ドキュメンタリーと思えば、何やら昨今の日本経済の低迷ぶりに重なってくるような気がする。

とはいえ、過去の成功例というのも問題だ。ほんとうにイタリアチームは、これまでも常に鉄壁のディフェンスで勝ってきたのか。一九八二年にスペインで行われたワールドカップの優勝国はイタリアだったが、あのときのイタリアチームとてゼロに押さえて勝ったのではない。何度も相手側に点を入れられている。それでいながら、相手チーム以上の点を入れることで勝ったのである。つまり、ディフェンスだけでなくオフェンスも充分に機能していたということだ。鉄壁のディフェンスというのも、オフェンスが機能しなかった場合の弁明にすぎなかったのではないか。神話とか伝統とかが、意外に実際を反映していないことを示しているように思える。二十数年も昔、元気だった本田宗一郎氏から、夜を徹して彼の「戦い」を聴かされたことがある。彼にとっての「敵」は、他国のライヴァル企業よりも自国の「指導したがる人々」であった。護送船団方式や官の民への指導システムと闘いつづけた、本田氏にして言えたことだろう。

サッカーの盛んなイタリアでは、メジャーリーグを意味する「セリエA」に連なるクラブチームのオーナーの力が大変に強い。この頃は株式市場に上場するチームも現われたりして、もはや完全なビジネスである。となると有力クラブチームのオーナーの関心はレギュラーシーズンの勝者になることで、そうなれば観客動員数が上がるからだが、有能な監督はクラブチームの奪い合いになる。結果として、ナショナルチームの監督になるのは、クラブチームの監督の退職組か、でなければクラブチームにも呼ばれなかったクズということになる。今回のイタリアチームの監督は、後者に属す。

これに加えて、オーナーたちはナショナルチームの監督に対し、自チームの有力選手を使う圧力をかける。または、選手組合を結成してオーナー側に刃向うこと多い選手たちを選抜からはずさせる。しかもオーナーたちが牛耳っているのがサッカー協会だから、彼らの圧力に屈しない人物は、はじめからナショナルチームの監督にしない。ドイツで優勝しつづけたトラパットーニは絶対に監督になれないし、選手組合のリーダーだったヴィアーリやゾーラは、イタリアで干されたあげくイギリスに渡るしかなかった。そして、ユヴェントスのオーナーのアニエリは、デルピエロを使うよう進言したと公言し、マルディーニ監督は、不調が明らかなデルピエロを使いつづけて敗れたのである。

一人一人ならば世界的水準にありながらの敗北の因は、サッカーだけでなくイタリア全体を映している。

（一九九八年七月）

〔追伸〕 ヨーロッパ選手権での決勝戦敗退の責を負って辞任した監督ゾフに代わって、ついにトラパットーニが監督に就任。イタリアのスポーツ記者たちの喜びはもう天井知らずだが、私には一抹の不安が残る。監督就任が、少なくとも五年遅すぎたのではないかと思うのだ。人間には誰にも、「使われどき」があるのです。

無題

ここ十余年、第二次世界大戦後の日本を再建した功労者たちの権威が次々と崩壊するのを、われわれは見てきた。五十年もすれば、いかに巧妙に造られたシステムでもガタがくる。なぜなら、神が造ろうが人間の所業であろうが、すべてのシステムにはプラス面とマイナス面があって、勢いに乗っている時期はマイナス面が押さえられているが、いったん危機に直面するや、それが噴き出すのを留めることができなくなるからである。昔がすべて良くて、今がすべて悪いのではない。マイナス面を押さえこみながらプラス面を発揮させるという作業が、機能しなくなっただけである。

ただし、システムがここまで疲労すると、古き皮袋に新しき酒を入れるたぐいの手段では解決できなくなる。皮袋自体を新しくする必要がある。自民党はもはや、崩壊させるしかない。
私個人はと言えば、竹下登の悪賢さに信を置きすぎていたのだった。参院選で示された有権者のなかなか味な意思表示を受けても、小渕恵三が可愛いのならば、ピンチのときのショートリリーフになどは使わないはずだと思いこんでいたのである。それが使った。リリーフはリリーフでも、ショートとは考えていないのか。それとも今の日本の状態を、ピンチとは見ていないのか。

歴史を読み書くのを仕事にしていて痛感するのは、亡国の悲劇とは人材がいないがゆえの悲劇ではなく、人材を活用するメカニズムが機能しなくなるがゆえの悲劇であるということだ。人材は常にいる。ただし、興隆期には見事に機能した人材登用の仕組みも、衰退期に入ると機能しなくなってしまうのである。日本の現状は、さしたる才能もないのに政界を泳ぐ術だけには長じていた、八十もまぎわの老人の私心を満足させるほどの余裕はあるのだろうか。小渕内閣を見まわしても、このままつぶしては惜しい人材は一人もいない。これで戦後最大の危機を乗り切る？　ご冗談でしょう！

いや、使える人材は一人だけいる。

堺屋太一はこれまで、官僚制度の欠陥を突き銀行の責任を声高に追及してきた人だった。その彼が、外観は変ったようでも内実は昔のままをなぞる閣議の決定に、どうやって署名できるのか。これまでの彼が、無責任な言論を弄《もてあそ》ぶしか知らない学者や評論家やジャーナリストよりも多くの支持者を得ていた理由は、健全な常識に立っての発言にあった。健全な常識人ならば、どんな想いで「永田町の論理」に賛同しつづけられるのか。

私の願いは、なるべく早期に彼が辞表をたたきつけることにある。これに直ちに呼応して、菅直人が内閣不信任案を出す。

この菅直人に、梶山静六と小泉純一郎が、次の二事を容れるのを条件に、共闘戦線を組むことを申し入れる。

第一に、内閣不信任が成立しても総選挙は求めない。なぜなら、総選挙となると自民党はいまだに有利であり、それがために、自民党を割る勇気が、多くの自民党議員にはもてなくなるからだ。また、政治の空白は現状では避けねばならない。

第二は、解決すべき諸問題の優先順位を明確にして、最優先事項から順に解決していくことである。そのためには、解決すべきことでも優先順位が下位にあるものは、しばらくにしろ犠牲にする覚悟が必要になる。

橋本龍太郎の敗因は、改革の意志の欠如にあったのではない。すべての改革を同時にやろうとした点にあったのだ。

菅直人ならば了解するだろう。自民党の崩壊の必要を誰よりも早く気づいた人ということで、小沢一郎も共闘戦線に加えるべきと思う。

こうして内閣不信任は成立し、救国内閣と名づけてもよい感じの新内閣が誕生する。梶山も小泉も小沢も菅もそして鳩山由紀夫も、全員が入閣する。堺屋太一も今度こそ、彼本来の考えを現実化できる機関の長に就任する。この内閣で「ルビコン」を渡るのだ。ユリウス・カエサルは一人でも渡ったが、五人ならば渡れるでしょう。私の帰国時の接触からも、「ルビコン」を渡りさえすれば従《つ》いてくる若き人材は、政界官界経済界ともに不足していないのだから。

（一九九八年八月）

〔追伸〕　これには後日談がある。一年もしないうちに、会いたいという申し出が小渕総理より届いたのだ。私は、余人を交《まじ》えないことだけを条件に快諾した。秘書であろうと誰であろうと余人が列する席では、政治家も経済人も官僚も本音の話はしないのが日本である。本音で交《つ》き合わないのは時間の無駄と思っている私は、一対一を条件にすることが多い。というわけで、三十分にしろ一対一は実現した。

私の待つ部屋に入ってきたとたんに、小渕さんは言った。「きみとボクは、生れた年が同じなんですよ」

思わず笑いながら、私も答えた。「そのようなことは、女に対してはおっしゃらないほうがよろしいのでは？」

小渕さんも笑いながら言った。「そうか、だからオールブライトは変な顔をしたのか」

人間は、良い人であったのだろう。でなければ、彼率いる内閣をあゝも一刀両断にした私に会いにくるはずもない。しかし、公人に対しての私の人物評価の基準には、人が良いという項目はないのである。とはいえ私には、礼をつくす義務はあった。

話の内容は公表しないという約束は、彼が故人になった今はなおのこと守りたい。だが、対話がどのような雰囲気のうちに進んだのかは、少しにしろ話そう。小渕氏の人間像を、亡き後にも残すために。

私の提言を聴いていた彼は、独り言ででもあるかのようにつぶやいたものである。「あなたの考えは、多分正しいだろう。だがそれを実行したら、ボクは背後から刺される」

「背後から刺される怖れは、最高の権力をもった人にはついてまわる宿命です。だから、それを防ぐには、刺したいと思っても刺しにくい状態にするしかありません。そういう状態にするにはどうしたらよいかを、私は今、あなたに進言しているのです」

「でも、なぜきみはそれをボクに？」

「私の願いはただ一つ。日本の再起です。そしてそれを、やろうと決意さえすればやれる地位にあるのが、今はあなただからです。もしもその地位に加藤紘一でも菅直人でも鳩山由紀夫でも他の誰でもが就き、この人々も私に意見を求めてきたとしたら、あなたに対するのと同じ態度で応ずるでしょう」

「じゃあ、ボクに言ったのと同じことを言うのかな」

「いえ、内容は同じではない。なぜなら、戦術ならば大量生産は可能でも、戦略はオーダーメイドでなければ役に立たないからです」

どこにも書かないし言わないと彼に約束したのは、小渕氏の性格や自民党の内情やその他諸々を考慮したうえで構築した、小渕氏にしか有効でない戦略のほうであったのだ。

結局、私の提言は、一つとして聴き入れられなかった。そして小渕氏は、背後から刺されはしなかったが、自分で死んでしまった。彼用に特製した戦略の中には、自由党と公明党への対処策もふくまれていたのに。

現職の総理ゆえ、倒れたことはイタリアでも大きく報道された。それを私は、複雑な想いで聴いた。そして、もう二度とあのようなことはしないと心に決めたのである。昔もいたんですよね、性懲りもなく権力者たちに提言しつづけた人物が。だがいっこうに聴き入れてもらえず、それに絶望したその男は、実現しなかった提言の数々を、『君主論』と題した作品にまとめたのだった。私にはマキアヴェッリの才能はないからそこまではまねしないが、『ローマ人の物語』を書くことこそが私の本来の仕事であるとの想いが、このときほど心の救いになったことはなかったのである。

黒澤明

昨日（九月六日）のイタリアのテレビニュースでは、昼夜ともすべての局で黒澤明の死を報じていた。ただ報ずるだけでなく、先生の業績も紹介しながら。私は眺めながら、先生の実現したようなことこそ、グローバリゼーションの名に値するのだと感じていた。

黒澤明の年譜を見れば一九八二年のことだから、十六年も前の話になる。その年のヴェネツィア映画祭は五十周年になるということで、五十周年となればグランプリ作品も五十本になっているわけだが、イタリア一、二の部数を誇る新聞が、この五十作品のうちのグランプリ、つまり最優秀作品はどれかを読者に問う調査をした。その結果、『羅生門』が選ばれたのである。それで黒澤先生も、「グランプリ中のグランプリ」をもらうために招待されてヴェネツィアに来られた。私はというと、先生から「来ない？」と言われて、当時住んでいたフィレンツェから馳《は》せ参じたのだった。

映画祭は、海の都ヴェネツィアを潮流から守るようにあるリドの島で行われる。舟で行くしかないのだが、ゴンドラでは人を多く乗せられないのでモーターボートで向った。リドの船着場では、海に落ちるんではないかというほどの数のジャーナリストとカメラマンに迎えられた。まるで、大スターの到着と同じだった。ただし、ハリウッドのスターとちがっていたのは、スターたちのほうが先生に挨拶に来ることだった。われわれ一行の昼食のテーブルは、入れ代わり立ち代わり先生にお祝いを述べにくる世界各国の映画人の磁石みたいになってしまって、先生は食事どころではなかったにちがいない。インタビューも各国語別で、数えるのも嫌になるくらい。私が通訳したイタリア関係にかぎったとしても、インタビューする記者の態度の丁重さと、黒澤作品をよく観ているのには感心した。インタビューの水準は、質問でわかるのである。先生も、「日本ではサンダルばきで来ては、製作費のことしか質問しない芸能記者ばかりなんだ」と言っておられた。

夜。外で夕食をすませた先生とわれわれは、食後の一杯ということで、先生の泊まり先のホテル・ダニエリにもどった。映画祭側も先生には、ヴェネツィアの最高級ホテルを用意していたのだ。ところが、ロビーに落ちついて待っているのに、宿泊客の姿もなければボーイの姿さえもない。しばらく待っていたのだが、誰も姿を見せない。私がバーテンを探しに行くことになったのだが、行く先ははじめから決まっていた。テレビ室である。イタリア人はサッカー気狂いなので、強いチーム同士の対戦ともなると、最高級ホテルでもこのようなことはよく起る。しかし、相当に広いテレビ室を満員にしていた理由は、サッカー試合の放映ではなく、映画を観ていたからだった。イタリアの国営テレビは、グランプリ中のグランプリ監督に敬意を表し、『羅生門』と『七人の侍』を、その夜ぶっつづけに放映したのである。バーテンもボーイも、おかげで職場を放棄してしまったというわけだった。

恐縮してもどってきた彼らによってようやくわれわれも一杯にありつけたのだが、まもなくバーテンもボーイたちもやたらと忙しくなった。二本の映画の間に放映されたコマーシャルの時間を利用して、宿泊客たちからの飲物の注文が殺到したからだ。誰もがテレビ室に釘づけになっていた理由を告げた私に、先生は「ホウ」と言い、のぞいてみたいと言われたのでお連れした。

テレビ室を埋めていた人々は、現われた黒澤明を見て、全員が起《た》ち上がって拍手を浴びせた。その拍手の、暖かく尊敬に満ちていたのは今でも忘れない。敬意を払われるのには慣れている先生も、それには微笑でていねいに応じておられた。

先生がグランプリ中のグランプリの受賞でヴェネツィアへ来ることを知ったときにすでに、私はローマの日本大使館と日本文化会館にそのことを伝え、大使か文化会館館長のどちらかがヴェネツィアに行かれるのならば、映画祭当局に連絡しますが、と言ったのである。両者とも答えは、「映画は興行物なので」というものだった。ヴェネツィアには、文化アタッシェさえも来なかった。

その死が世界中のテレビで報道されるような日本人を、これからの日本は何人もてるのだろうか。

（一九九八年九月）

中田クン現象

来伊した日本のＶＩＰの一人との夕食の席で、その人はるると、国際化への不安を話しつづけた。私もしばらくは聴いていたが、ついに我慢しきれなくなって言ったのである。野茂と彼につづいた日本人選手は、メジャーリーグでがんばっているではないですか。サッカーの中田だって、セリエＡでの挑戦を選んだではないですか。彼らはほとんどが三十歳以下です。オトナのわれわれがおじ気づいていては、恥ずかしいというもの。その人は黙ってしまったので、これ以上、国際化に挑戦中の若者たちの話はやめにしたのである。

それにしても野球は、戦前からプロリーグがあったのだから、土壌がなかったわけではない。反対にサッカーは、つい十年前はプロすら存在しなかったのが日本だ。その日本から出て〝グローバル・スタンダード〟に挑戦する中田英寿。リーグ開幕戦の日は、私だってテレビの前に坐りましたね。なにしろ相手は強豪中の強豪のユヴェントス。反対に中田属するペルージアは、マイナーリーグから上がってきたばかりのどんじりチーム。ワールドカップ出場の花形がキラ星のごとく集まるユヴェントスが三点入れたときは、これで勝負は決まったと誰もが思い、順当な結果なのだろうと私も思ったのである。だが、ユヴェントス側に生れたちょっとしたスキを見のがさなかったのが、中田ともう一人の選手だった。中田が二点入れたのは、この後である。結局は、ユヴェントスが勝ちはしたのだが、サッカーでは、四対三で負けるのと一対〇で負けるのではまったくちがう。私は翌日、普段ならば読みもしないスポーツ新聞まで買いこみ、すみからすみまで眼を通したのだった。見出しの一つは、「日本人、ユヴェントスを緊張さす！」である。ヤッターと叫んだイタリア在住の日本人は、私一人ではなかったにちがいない。

今日現在（十月七日）のペルージアは、四回戦まで終ってまだ一勝もあげていない。セリエAでの順位は下というところ。中田の得点は三。しかし、シーズン閉幕までに、ペルージアが下位でもAクラスに居残り中田の得点が二桁にでもなったら、中田の国際化挑戦の第一年目は大成功だと思う。弱小チームを率いてセリエAに定着させ、自らも得点王を競うことまで成しとげたのは、先にバティストゥータ、つい先年はロベルト・バッジオがいた。二人とも、子供でも知っている国際的なスター選手である。すでに今でも得点三なのだから、十ぐらいにはいけるのではないか。

それにしても、彼のおかげで新聞のスポーツ欄まで読むようになった私だが、イタリアの新聞の記事の中に面白いものがあったので紹介したい。その一つは、なぜ中田はワールドカップで得点をあげなかったのか、日本チームの戦略が、担当ゾーンがセンターである彼には、ストライカーへのパスしか許さなかったのか、というものだった。私は真相を知らない。ただし歴史に親しむ日々を送っていて気がつくのは、組織の機能向上とは、個々の構成員が自分を殺すことで成るのではなく、構成員一人一人の力を活《い》かしてこそ成しとげられるということである。

中田と、彼を追う日本人記者やカメラマンとの険悪な関係は、イタリアの新聞でも取りあげられた。それをイタリアの記者は、こう解釈した。ペルージアみたいな町でも中田は考えやることがたくさんあっても、日本から来たマスコミは、中田を追う以外に考えやることがないからではないか、と。

たしかにイタリアの中都市の一つにすぎないペルージアは、退屈な町である。最高水準を誇るイタリア語習得の大学があるので、世界各地から若き美女（なぜかイタリア語を学ぶのはきれいな女が多い）が集まってくる夏は華やかに変るが、谷あいからの風が丘の上にある町に向って吹きあがってくる冬は、私でも行きたくない。歴史好きならば周辺に見るに値する場所は多いが、スポーツ記者で私の作品の愛読者というのも聴かない。

それで提案なのだが、日本の各社は中田番の記者やカメラマンは潜水艦の乗組員と同じと考え、一カ月の勤務の後は〝陸〟に上がらせてはどうであろうか。つまり、交代制ですね。一カ月ぐらいなら我慢できるはずだ。秋場のきのこ料理も加えて、ペルージアを中心とするウンブリア地方の料理とワインの美味は有名なのだから。

（一九九八年十月）

〔追伸〕　中田君がローマに移ってプレイしているのは、もはや周知の事実。彼につきまとう日本人のカメラマンたちは、ローマならば退屈することもないと思うがどうなったのだろう。

政治と経済

イタリアでは、ダレーマ政権が誕生した。プローディという仮面をかぶっていた元共産党全国政治局委員、党名を変更して以後は左翼民主党（略してＰＤＳ）の書記長のダレーマが、「仮面」を捨てて首相に就いたからである。私は歓迎だ。その理由の第一は、実権者が表面に出てくるのはいかなる場合でも良いと思っているため。なにしろ「顔」がはっきりする。第二の理由だが、これでようやく冷戦構造崩壊後の政治がはじまったということ。冷戦時代では反共産主義というだけでイタリア国民はキリスト教民主党に票を投じざるをえなかったのに、つまり共産党を政権に就けるわけにはいかなかったのに、冷戦後はこのようなことを心配する必要が失せ、統治能力の優劣が票を投じるか否かを決める目安に変ったからである。とはいえ、ＰＤＳの行う政治が左派的であることは言うまでもなく、ゆえに政治のほうもこれからは、左派的にやるほうが効果があるのか、それとも右派的のほうが有効なのかを判断する能力を、イタリアの有権者は問われるというわけだ。

第三の理由は、元共産主義者のダレーマを表舞台に登場させた以上、この彼を元コミュニストという理由で排除するのは時代錯誤になり、おかげで右派の雄であるフィーニを、元ファシストという理由で拒否しつづけるわけにはいかなくなったことである。以前にこのページでも書いたが、「政治的人間《ホモ・ポリティクス》」としてはこの二人の右に出る者は、イタリア政界にはいない。つまりこの二人は、プロの政治家なのである。大学教授のプローディや中央銀行総裁のチャンピやテレビ局経営者のベルスコーニとはちがうのだ。プロの政治家とは、政治とは経済がわからないとやれないのは明らかであるにしろ、それでも政治と経済は本質的なところでちがうということを知っている人である。

トラック上での競走に比べればこんな具合だ。スタートする時点では、全員が同一線上に並んで走り出す。だが、速力を出せる者はぐんぐんと距離を消化し、早くも一周して二周目に入ろうとする。これをそのまま走らせつづけるのは、経済の論理である。なにしろ力があるのだからその力を完全に発揮させ、十周してゴールインする競走ならば、それを早く達成するのはその人の実力しだいなのだから。私の考えでは、政治の論理はこれと異なる。早くも一周を走り終えた者には、後からくる者が追いつくまでは足ぶみでもさせながら、二周目に入るのを待たせる。そして、全員が一周を走り終えた時点ではじめて、二周目競走開始のドンを鳴らすというのが、政治の論理だと思う。つまり、情況に応じての調整ですね。

とはいえ、一周ごとに調整しても、早い者と遅い者の差は何度やっても表われるだろう。しかし、人間は「数字」とはちがう。走るのに慣れて、三周目あたりからはより早く走れる者が出てくるかもしれない。反対に、一周は誰よりも早く消化したのに、四周目ぐらいになって自らの力の配分を誤ったりして速度が落ちる者も出てくるかもしれない。それに、実力主義一本槍では少数の勝利者と多数の敗者に分れる危険があり、そうなっては健全な社会が崩壊するだけでなく、多数の敗者の購買力が失われたあげくに、少数の勝者も勝者でいられなくなるという事態になりかねない。つまり、経済の論理のみを追求するのでは、経済的にも損な結果を産む怖れ大というわけだ。だからこそ「政治」が必要なのだと思う。

ただしダレーマは、プロの政治家ではあってもあくまでも左派の政治家である。「調整」も、左派的にやるにちがいない。この人は、左派的やり方で経済が活性化した例はないというジンクスを、どうやって破っていくつもりなのだろう。十年後どころか今でもすでにパンクしている年金制度も、いじらないと言っている。他にも失業者減少、南伊再興とお金のかかることばかりだが、これらを進める財源はどこに求めるつもりか。今でもイタリアの税率は、「リターン」を計算に入れれば先進国中最高である。これ以上しぼり取るならば中産階級は崩壊し、トラックに降りてきて競走に参加する人からしていなくなってしまう。サッチャーが大掃除してくれた後に出てきた、ブレアとはちがうのだ。左派的な大掃除は共産主義革命しかなかった歴史の中で、そうでなく大掃除しようというのだからダレーマも大変なのである。

（一九九八年十一月）

小沢氏へのお節介

自民党と自由党が連立することになったと聴いた。例によって日本では、変身だ何だという論議でわき立っているのだと思うが、われわれ有権者は政治家に、彼の考え方で一貫してもらいたいから票を投じているのではない。日本を良くしてもらいたいから、票を投じているのだ。日本を良くするためには彼自身の変身が有効なら、変身してもらっていっこうにかまわない。なにしろ、党の政治方針はあくまでも「手段」であって、「目的」は日本を良くすることにあるのだから。

ただし、合併する私企業でも、なぜ昨日までのライヴァル企業と合併するのかを株主には説明する義務があるのと同じで、方針を変更した政党にも有権者に説明する義務がある。聴くところによると小沢一郎氏は積極的にテレビのインタビューを受けているようで、方針変更の理由説明はトップがやるのが礼儀というものだから、テレビにかぎらず雑誌でも新聞でもどんどんやってくださいと言いたい。問題はこの場合の、インタビューする側の態度だ。「手段の目的化」を犯しがちなのが日本のマスメディアの特質で、それでこり固まっているジャーナリストたちには、今や日本は「目的のためには手段を選ばず」の惨状にある、と言って通用するだろうか。

小沢氏とは一度も会ったことはないが、彼は、自らの考えを現実化するには権力が不可欠だということならば冷徹に認識できる政治家ではあるようだ。ところがなぜか、権力を獲得する段になると致命的な失策を犯す。どうしてそうなるのか人物を知らないので推察も不可能だが、今度もまた失敗をくり返さないようにと、遠きローマから〝お節介〟を焼く気になった。

まず第一に、自由党は自民党に比べて少数党である。小が大と合わさるときに心しなければならないのは、「大」の内部に同志を見つけ、それと共同戦線を組むことによって、「小」であるがゆえの不利を減少させる努力を忘れてはならないことである。自民党も一枚岩ではないのが現状だから、同志を見つけて共闘を組むのはさしたる難問ではないと思う。同志を誰にするかまでは私がお節介を焼くまでもないと思うが、同盟とは、弱が強とするものではなく、弱が弱と合同して強にゆさぶりをかけるものであることはお忘れなく。

第二だが、昨今の日本のリーダーたちの主流はソフトタイプであって、ハードタイプの小沢氏はそこが欠点だというのが日本での定評らしい。それで、小沢一郎ももっとソフトになるべきだなどと忠告する人がいたとしても、絶対に耳を貸す必要はないと言いたい。人間は誰でも、欠点をもっている。ゆえに人間社会での勝負を分けるのは、誰もが持っている欠点によるのではなく、欠点を利点に変えることができたか否かであると思う。マリア・カラスの低音は濁っていてそれが欠点と非難されたものだが、彼女はその濁音を清音に変える努力などはせず、濁音にパワーをもたせる努力のほうをしたのだった。カラスの低音は、聴く人の胸をつかんで放さない。

お節介の第三だが、自民党との連立の理由に、消費税を低くするなどというケチなことをあげないでほしい。変身するならば、もっと本格的な問題を理由にしてほしい。例えば、アメリカやイギリスをまねするのではない、抜本的な税制改革のような。

ローマ帝国を書きつづける中で痛感するのは、善政の根幹は税制にあるという一事である。このローマ帝国の税制度について現代の学者の一人は、広く浅く税金をとる考えに立ちそれを実現した、と言っている。経済学の存在しない時代になぜこのようなことが考えられたのかと、だいぶ私も考えたのだが、経済学がなかったから考えられたのだ、という結論に至っている。つまり、払わなければならないとは誰もが思う税金を、どの程度までなら重税感をもたずに払えるかを配慮して決めた税率なのである。そして、その税率で払われる税金でまかなえない分野は民活にゆだねる。少なくとも二世紀末までのローマ帝国は、現代の言葉を使えば「小さな政府」であったと確言できる。

二十一世紀は、どの国で税金を払うかを、納税者が選べる時代になるだろう。税収を確保するためにも、税制度は「魅力的」に変わる必要がある。

（一九九八年十二月）

ユーロ誕生

欧州共通通貨のユーロがスタートした。イタリア語読みだと、エウロという。まだ多くの人は慣れず、複数ならば語尾変化して、エウリになるのかしらん、なんて言っている。

ユーロ誕生は、それが実現してトクになると思っている国ほど嬉しがっているようで、イタリアなどはその筆頭格。いつもならば経済ニュースでしかとりあげないのに、誕生以後は普通のテレビニュースでも、ユーロ対ドル、ユーロ対円の動きを毎日報道しては一喜一憂している。強いマルクの国だったドイツでは、どのように報道されているのか知らない。

ドイツで思い出したのだが、顔からして通貨の番人という感じのティートマイヤーが、去年の夏頃かにイタリアのテレビに出て話したときのことだった。いつも厳しい顔つきだがそのときは一層厳しい顔になったこのドイツ連銀の総裁は、「一度でもイタリアがヘマをしたらユーロから追い出す。ここのところは正確に飜訳してください」と言ったものである。なにやら対外問題になりそうな発言だが、一緒に視ていたイタリア人は感情を害されたふうもなく、「まったく同感だ」と言った。イタリア人というのは面白い民族で、野放図のナショナリズムはサッカーのワールドカップのときのためとでも思っているらしく、他国人から非難されても正しいと思えば怒らないのである。だが、次の一句はつけ加えた。

「昔はああいうことは、おれたちのほうが彼らに言ったものだがね」

昔とはいつのことかとたずねたら、ローマ時代という答えが返ってきて、私は噴き出さずにはいられなかった。まあ、正しいことは確かなのだが。ブリュッセルのお役人たちも悪いのである。欧州共通通貨圏は古代のローマ帝国以来、などという例を自画自讃の材料に使うから、ヨーロッパ人も一千五百年後の快事かと思ったりするのだ。

それにしても、ドイツ人の心配もよくわかる。なにしろドイツ人がイタリア人にだまされる歴史は古く、その最高傑作は歴史の教科書にもある「免罪符」だった。

チャリンという金貨の音とともにあなたの天国の席は予約完了、などと言われてだまし取られたカネが、ローマのカトリック教会を裕福にしたのだった。怒ったドイツ人はプロテストし、プロテスタントとなって分裂したのだが、イタリアに行ってはお金を落とす構図は変らない。まず第一に、免罪符を売ってもうけたお金はミケランジェロやラファエッロの絵にも変ったので、それを見に行くためのイタリア旅行。第二は、免罪符を売るのは教会の分裂につながるのでやめたが、免罪を売るのはやめていないのだ。紀元一三〇〇年からはじまった「聖年」である。その年にローマを訪れると免罪を得られるという法王庁の言い分で、はじめのうちは百年ごとだったが、それが五十年ごとになり、今では二十五年に一度「聖年」がめぐってくる。言わずもがなだが、世界中の信者のお金をローマにイタリアに落とさせるためである。免罪はカトリック教徒にかぎらないと法王様も言ったりするから、プロテスタントも多く訪れる。もちろんその機会に、聖遺物という名の聖人の骨のかけらなどもうやうやしく見せてくれる。

まあこんな具合で、かくもちがう国民性をもつ人たちが共通の通貨を作りましょうと言って出来たのが、ユーロである。ユーロ主要国は、このドイツとイタリアに、これまた相当な程度にスレているフランスが加わって三カ国。ティートマイヤーならずとも、不安になるのは当然である。不安をふっきれないイギリスは、まだ入っていない。

それでも私個人の感想ならば、けっこうなことだと思っている。まず、どうやらユーロはスタートすると皆が思いはじめた昨年半ばから、欧州通貨間の関係が安定したのである。つまり、投機筋からの防衛に成功しつつあるということだ。その間乱高下していたのは、ドルと円だった。私の考えるユーロの安心材料のもう一つは、ヨーロッパ人のスレ具合にある。したたかという言葉よりも、スレていると言ったほうが当っている。彼らは、ドルや円に対して勝とうなんて願っていない。安定したいと願っている。実際、ドルとユーロと円の関係が安定したら世界経済のためにどんなによかろうかとは、経済に無知な私でも思うのだから。

（一九九九年一月）

首相の「外遊」

日本では、もっと海外に日本の「顔」を見せるべきだという議論が盛んだ。その必要を説く人は、政治家や外務省やマスコミさえその気になれば、「顔」は見えるようになると信じているらしい。だが私は、もはや絶望している。

先日、小渕首相とその一行が来伊した。この件について今日は語るつもりだが、断わっておきたいのは、これから語るのは何も今回にかぎった現象ではないということだ。私の知るかぎり、多少の差はあれ毎回同じことのくり返しである。

まず第一に、首相の外遊（この外遊という言葉の意味深さを考えてみて下さい）には、官邸づめの記者団が同行する。一方、外遊先の国々には、各社から派遣されている特派員が駐在している。私が奇妙に思うのは、外遊中の首相が接触するのは同行の記者団だけで、駐在記者たちは接触できないという一事。外遊先の国の事情を知る最良の方法は、その国に駐在する日本の記者たちと話をすることではないかと思うが、それがまったくない。首相との接触は、海外の事情にはうとくても、官邸記者クラブの専有権ということであろうか。

外遊先の国に駐在する日本の大使が、接触の機会をアレンジすることもない。小渕首相の場合、時間がなかったのではなかった。文化関係者（日本語を話す一人を除いて全員が日本人）との夕食会はあったのだから。これでは当然だが、イタリア人記者を招いての記者会見となると、もはや夢である。

結果として、小渕首相のイタリア公式訪問がテレビニュースで報ぜられたのは、ただの二度。いずれも十秒程度。法王を訪問して花びんを贈っているシーンと、伊首相主催の昼食会のときだけだった。昼食会では、小渕首相は映されもしなかった。サッカー大好きのダレーマ首相が招待者名簿に入れさせたという、中田君が映っただけである。

日本の首相が何の目的でイタリアを訪れたのかについては、新聞でもテレビでも一言の説明もなかった。日本の首相は、顔なじみの日本人に囲まれて、日本の「外」に「遊」んだのである。

どうしていつもこうなのか、という私の疑問が今回は解けたのである。それは、関係者の一人とおしゃべりした折りにわかったのだった。

公式訪問の最終日にはポンペイの遺跡を訪問なさるそうですが、ペルージアに行って中田の出場する試合を観ることはお考えにならなかったのですか、と私はたずねた。返ってきた答えは、考えはしたのだが、日本のマスコミに、中田の人気に便乗していると報道される危険があったのでやめた、というものだった。

首相への説明役としてわざわざ日本から最高の学者を来させたくらいだから、日本人はポンペイを、お勉強するに値する文化と考えているのだろう。ほんとうはそうなのだが、欧米人の考えるポンペイは、観光地の一つである。イタリアで最も入場者数の多い場所は、ヴァティカン美術館でもなくフォロ・ロマーノでもなく、ポンペイである。こちらの人から見れば、日本の首相は公式訪問中の一日を、観光地訪問にあてたということになる。おかげで、ポンペイの小渕首相は、こちらでは報道もされなかった。

一方、イタリア人はサッカーを国技とさえ思っている。中田の人気に便乗していると言われる怖れがあるならば、私だったら前もって、次のように説明していただろう。

「もしも首相の息子が外遊先の国に留学していたら、留学先の学校を訪問するのは父親の情でしょう。中田は、日本がイタリアに留学させた息子のような存在なのです」

もちろんこの説明は、イタリアのマスコミにもする。そして、ペルージアへ行ってサッカーを観戦する。

保証するが、これ一事で小渕首相は、イタリア人すべてから「顔」を覚えられ、イタリア人すべてから愛されるようになったであろう。ポンペイ訪問は報道しなかったイタリアのマスコミも、ペルージア訪問は報道しただろう。それに小渕首相自身だって、ずっと面白かったはずだ。もしかしたらダレーマ首相も、自分も同行する、と言ったかもしれない。日本では、政治家もマスコミも、そして外務省すらも、日本しか見ていないのである。これで「顔」を見せる？　顔を示す必要に、ほんとうのところは無関心と思うしかない。

（一九九九年二月）

『日蝕』によせて

これより述べるのは、『日蝕』と題された小説の書評ではない。この作品を読んだ私の、単なる感想にすぎない。

まず、多くの評者たちが問題にしたやたらとむずかしい文字を多用した文体だが、私には少しも違和感がなかった。文章とは、意味を伝えるだけでなく肉体生理も伝えるものなのである。著者の、そして著者の想いを最も端的に現わす主人公の、肉体生理を伝えるのが文体なのだ。主人公であるドメニコ派に属する若き僧の頭の中は混乱しているので、そのような精神状態を表現するのに、大理石の彫像にも似た平易明晰な文体は適していない。だから、羅列するむずかしい文字も、いちいち辞書を引く必要はない。読めないと肉体生理も伝わらない怖れのある箇所では、著者はきちんとルビをふってくれている。それら以外は読み流していくほうが、この小説ないし主人公の肉体生理をより良く感得できると思う。

芥川賞作品には関心をもたない私でも『日蝕』は手にしたのは、著者が明示した一四八二年という年が興味をひいたからである。小説の舞台は、一四八二年の南フランス。私が書いてきたのは、同時代のイタリアだった。アルプスの北と南に分れていても、歩いての旅にしろ十日の距離である。

読み進みながら思った。私が著者ならば、この主人公にアルプスを越えさせない、と。旅の目的地がフィレンツェではなおさらだ。若く善意に満ち、神の犬を意味するドメニコ派に属す聖職者にふさわしく、ギリシア哲学ですらキリストの名の下に秩序づける必要を痛切に感じているような人が、ルネサンスの花開くフィレンツェを訪れたらどうなるかと、他人ごとながら心配になったからである。

だが、『日蝕』の若き著者は、主人公にアルプスを越えさせ、フィレンツェに行かせた。そして、古代哲学関係の書物の購入以外の〝成果〟については、主人公に次のように言わせている。

――フィチイノ本人をはじめとするプラトン・アカデミイの面々とも会することが出来た。

私は、プラトンその他の異教の哲学者達に関する彼等の学説を興味深く聴いた。又、この数年後に巴黎《パリ》を訪うこととなるピコ・デラ・ミランドラの驚くべき主張にも接した。だが、結局それらの孰《いず》れに就いても、私は終にピエェルより受けた程の感銘を得るには至らなかった。——

一四八二年前後といえば、フィレンツェの中心人物であったメディチ家のロレンツォは三十三歳。この明晰なルネサンス人を囲むアカデミア・プラトニカの面々が論じ合った哲学を平易に言えば、万物の中心は人間であり、人間はその行為の責任を、神にも悪魔にも転嫁することはできない、ということになる。

だが、当時のフィレンツェにはアカデミア・プラトニカの形而上的気取りさえ嫌い、それに近づかなかったルネサンス人も少なくなかった。レオナルド・ダ・ヴィンチは解剖に熱中していたし、パオロ・トスカネッリは数学上の計算だけで、地球を西へ進めばインドに着けると証明した。コロンブスはこの人に、手紙で教えを乞うている。画家のボッティチェッリはローマに招かれ、システィーナ礼拝堂の壁面に画筆を振るっていたが、フィレンツェでは彼の描いた『ヴィーナスの誕生』と『プリマヴェーラ（春）』が鑑賞できたはずである。

ルネサンス精神は、哲学や芸術や医学や数学でのみ発揮されたのではない。ヴェネツィアでは、聖職者が異端という言葉を口にしたとたんに同席していた人々が無言で退席するというやり方で、狂信の嵐を防いでいた。このイタリアで魔女裁判によって火あぶりにされた例は、最北部のベルガモ周辺で起った一、二件を除けば存在しない。

神と悪魔、霊と肉は対立する関係にはなく、一個の人間の中に内包されるものであり、人間にできるのは、両者の間でバランスをとることである。これが、ギリシア、ローマ、ルネサンスの世界であって、キリスト教側にすれば、危険な異教の世界なのであった。だがこの世界では、両性具有者すらもグロテスクではなく、愛を交わした後の安らかな眠りの姿で表わされる。

『日蝕』の主人公は、肉体はアルプスを越えたが、心はフランスに留まっていたのだと思う。

（一九九九年三月）

ユーゴ空爆に想う

戦争がはじまっている。爆撃機はイタリアの空港から発《た》って行くので、戦場の近くにいるような気分になる。それに、避難民の惨状も連日放映され、NATO（北大西洋条約機構）本部のブリーフィングも連日午後三時にきまって行われるという具合で、戦争がすぐ近くで闘われている想いは避けようがない。

それにしても、今度ばかりはヨーロッパも、ミロセヴィッチに対して怒ったのだ。ボスニア・ヘルツェゴビナのときは結局いいようにあやつられたが、今度ばかりはちがうようである。アメリカも加えた西欧は、アルバニア系住民を追い出してスラブ系だけでセルビアを固めると考えたミロセヴィッチに、勝手なまねは許さないという意志を明らかにしたのである。

ならば、クルド族のケースはどうなのか、チベット人はどうなのかと問いたいところだが、問題にされるには諸々の条件が必要なのだろう。コソボの住人がセルビア人で占められようと西欧の経済には無関係なのだから、湾岸戦争とは様子はちがうのである。人道的に許せない、ということだと思う。ミロセヴィッチのような男に人道面での暴挙をやめさせるのは大変に高価につくが、それでもなおやるべきと決めたのだから、西欧的だとつくづく感じてしまう。

だが、おそらくこれだから、西欧人はいまだに敬意を払われているのだと思う。この辺の事情を、われわれ非西欧人は過小評価しないほうがよい。

人道上での暴挙に対しては断じて起《た》つということの他に、コソボの事件は諸々のことを考えさせてくれる。思い浮ぶままに書きつらねてみたい。

どうやら人間は、誰もが同じようにはできていないようである。人命や人権に対する感覚が、民族によってちがうのではないか。私の印象では、東ヨーロッパ人よりも西ヨーロッパ人、中国人よりも日本人のほうが、敏感のように思える。

軍事行動には犠牲が伴わざるをえないが、可能なかぎりそれを減ずる努力は当然としても、犠牲に対してアメリカ人は非常に敏感だが、ヨーロッパ人はそれほどでもない。ソマリアで十人以上も死者を出したイタリアも、カンボジアではじめての犠牲者を出したときの日本よりは冷静だった。

難民保護のような平和的な行動でも、あくまでも主力となって動けるのは軍隊だと痛感する。赤十字やボランティアは、平時にはたいへんな働きができるが、非常時では補助力にまわらざるをえない。組織力と機動力で、格段の差があるからだろう。国内であろうと国外であろうと、どの組織よりも有効なのは軍隊だと思うしかなかった。

自国を守るのは自国民しかないのかと、今さらながら考える。他の国が助けてくれるとしても、自ら守る力と意志をもつ人々に対してだけで、しかもそのうえ、助ける力をもつ国や人の琴線にふれることがないと助けてくれない。ユーゴスラヴィアは、ヨーロッパ人がヨーロッパと考える地域に属しているのである。

それにしても、自分を守るにも軍事力、他者を守るにも軍事力しかないというのでは、狂信的平和主義者でない私でも暗い気持になる。人類はいつ、進歩するのであろうか。いや、進歩なんてしないのが人間の性《さが》なのか。

人道的な理由とはいえ、今回の戦争は、宣戦布告もせずに主権国家の領内を爆撃しているのである。国際法では、どういうことになるのであろうか。

NATOは、国際連合を通すことなく軍事行動に突入した。外交的解決を声高に言うロシアも、自分たちも加わってのサミット七カ国緊急会議の開催は提唱したが、国連に舞台を移すとは言わない。国連にまかせるべきだと主張しているのは西欧の共産主義者たちだが、この人々も本心から国連の効用を信じているのであろうか。昨今の国連の影の薄きこと、印象的ですらある。国連関係者で活躍しているのは難民担当の緒方貞子女史で、事務総長のアナンではない。

後世の歴史家は、国際連合が曲がりなりにも機能していたのは冷戦の時代だった、と書くことになるかもしれない。テーブルの上では激しく争っていてもテーブルの下では手を結んでいたからこそ、熱戦にはならずに冷戦ですんだのだから。

それにしてもなぜローマ人は、異民族との共生に成功したのであろうか。

（一九九九年四月）

ヨーロッパの精神《スピリット》

バルカンで進行中のNATO対ミロセヴィッチの闘いが、日本ではさしたる関心をもたれていないのは当然である。中国が関与すれば少しはちがうが、北朝鮮が日本に対して何をしようと、ヨーロッパはまったく無関心であった。北朝鮮あたりに日本が手こずろうと、ヨーロッパは知ったことではないというわけである。日本は大国だし力もあるのだから、手こずるのは日本のせいと思っているという理由もあるが、アジアはアジア、という理由のほうが強い。

だから日本も、ユーゴ問題なんて知ったことではないとしても、ヨーロッパから文句を言われる筋合いはない。距離も遠いし、難民に押し寄せられる危険もないしで、無関心でいようと不都合はないのだから。

ただし、その日本での論評が、ＮＡＴＯによる軍事介入のみに焦点が当てられているのは、いかにも視点が低い。なぜなら、ＮＡＴＯによって進行中の軍事介入は、ヨーロッパ文明の存亡と深くかかわり合っているからである。

二百万近くもの数の人々が、人種がちがい宗教がちがうというだけで、殺され、住む家を焼かれ、国を追われている。これはいかなる名で呼ばれようとも蛮行以外の何ものでもなく、人権と自由の尊重を二大支柱とする西欧の文明にとっては、放置するなどはとてもできないことなのだ。同じ文明圏ではないアジアやアフリカでならばいざ知らず、ヨーロッパ内で放置するとすれば、それはもう、ヨーロッパ文明をヨーロッパ人自体が否定することになるのである。軍事介入が有効か否かの問題以前に、ヨーロッパ文明のスピリットを守るか、それとも、ヨーロッパ文明が崩壊するにまかせるかの問題があるのだ。

ボスニア・ヘルツェゴビナのときのヨーロッパは、本格的な軍事介入は見合わせた。その結果はどうであったか。当時からすでに予想されていたように、コソボ問題につながっただけである。

ボスニアが戦場であった当時から、ユーゴ問題を根本的に解決するのならばローマ帝国式のやり方しかない、と私は思っていた。軍団を派遣して軍事占領し、ミロセヴィッチを権力の座から引きずり降ろし、ユーゴスラヴィア全体を属州化する。直轄領になったユーゴは、ローマから派遣される総督が治めることになるが、その強権によって、蛮行を行う者は処罰され、追い出されていた者は家にもどる。秩序再復の他にインフラ工事も、支配者ローマの任務だ。平和が確立しインフラも整備されれば経済も活性化し、衣食足って礼節を知るのたぐいで、異文化共生による摩擦も減少するからである。その間に、現地の人材を育成する。なるべく早い時期に、軍政から民政に移行させるためである。辺境防衛の必要上から、いつまでも軍団を駐屯させておくことは許されないからであった。

しかしヨーロッパは、古代のローマをまねることはできない。近代は、それもフランス革命以後はとくに、人権と自由と平等と友愛を高々とかかげたからである。個人よりも共同体を優先したローマと、個人のほうを優先する近代国家のちがいでもある。だがこのちがいが、一般庶民を蛮行から守る唯一のものである秩序はどうするのかという問題を突きつけられた場合に、現代ヨーロッパの足を縛ることになってしまったのである。

遠いアジアにいて、ヨーロッパの苦渋を笑うのは勝手だ。二百万近くもの人が住む家を失っても、ヨーロッパの問題だからと無関心をつづけるのも自由である。軍事介入か外交による解決かを、空論を弄ぶかのように論じ合うのもいいだろう。

だが、次の一事だけは忘れないほうがよい。ミロセヴィッチが勝つよりも、ヨーロッパ、つまりNATOが勝ったほうが、日本のような国にとっては好都合であるということを。なぜなら、ヨーロッパ文明が権威を失墜すれば、それに代わるのは、ルールよりも腕力が支配した〝中世〟でしかないからである。

とはいえ、知的ミサイルとか名づけた爆弾を使って、軍事上の施設や人は殺すがシビリアンは殺さないなどというたわ言は、いいかげんに終りにしてほしいものである。シビリアンを巻きこまずにすむ戦争は存在しない。これを指導者も大衆もわかったときにはじめて、真の解決への道が開かれるのではないかと思う。

（一九九九年五月）

人それぞれの責務

このコラムを先月欠いてしまったのは、急性の気管支炎にKOされたからである。病院とはスキーの骨折とお産のときぐらいしか縁がなかったのに、肺のCTスキャンだけで終らずに、日本語では何と言うのか知らないが肺の中に管を入れる検査までする始末。肺ガンではなかったらしいが、主治医に、ボクがあなたの弟だったら完全な禁煙を求めます、なんて言われてしまった。アメリカン・ホスピタルと名乗るだけに、医療費の高さでも情報開示の徹底でもアメリカ並みだが、勤務医は英語OKにしろイタリア人なので、右のような言葉を吐くぐらいはやるのである。いずれにしろ、抗生物質漬けになっていた一カ月余り、集中力を必要とすることは一つとしてできなかった。

これまでの私にとっての肉体は忠実このうえもない奴隷のような存在で、いかなる酷使にも反抗もせずに耐えてきたのである。飲み明かししゃべり明かし喫《す》い明かした後で、早朝の白い光に浮びあがるフォロ・ロマーノを観に出かけることさえ、始終ではなくてもやれたのだから。それが今、突如としてＮＯである。わが肉体は、奴隷どころか遠慮しながら付き合うお手伝いさんになってしまった。これがきっと、老いを自覚するということなのだろう。

ところが皮肉にも、私が『ローマ人の物語』の第Ⅸ巻で対決することになる、つまりは書くことになる皇帝たちの一人が、病気知らずの生涯の最後になって病苦に悩まされたあげくに自死まで考えた、ハドリアヌスなのである。しかも、彼の死んだのは今の私と同じ年齢。神々はこの私に、五賢帝中の曲者《くせもの》であるこの男を理解させるために病気を与えたのかと、冗談ながらも思ってしまったくらいだった。

そこに舞いこんできたのが、江藤淳の自死の知らせである。私の頭に浮んだ最初の想いは、江藤淳の支持者、つまり彼の著作の愛読者は、これをどう受けとるのだろうということだった。

古代のローマ人は、自死を悪行とは考えていなかった。それゆえ、キリスト教の影響下に入って以後の西欧世界のように、自殺者には他の死者と同じ墓地への埋葬を許さないということもなかったし、遺言の執行も自然死した人々と同じように行われていた。だが、このローマ帝国でも、自死を禁じられていた人々はいたのである。

帝国の安全を軍事面で保障する兵士と、政治面で保障する元老院議員である。理由は、勝手に死んでくれたのでは敵前逃亡と同じだから、という義務の観念によるのではない。国家と国民の安全保障という大事をまかされているがために敬意を払われている以上はそれ相応の責任があり、私的な理由で自殺したのではその責務を放棄したことになるというのが、ローマ人の考えであったのだった。ただし、認められていた自死もあった。罪をつぐなう意味の自死である。敗戦の責を負って自殺した、ブルータスやアントニウスの死がそれに当たる。

ローマの皇帝とは、ローマ全軍の最高司令官であり元老院議員でもあり、現代の大統領制下の大統領にも似た統治の最高責任者である。その絶対権力者に、一般の私人には認められていた、自らの生涯を自らの手で閉じる権利だけは認められていなかったのだ。ハドリアヌス帝も、死が訪れるまで耐えて待つしかなかったのである。

江藤淳も、そしてこの私もふくめた他の著作家も、自衛官でもなければ国会議員でもない。かつて国立大学教授でもあった江藤淳は国家公務員ではあったわけだが、私に至ってはこれ以上はないくらいの私人で通してきた。

しかし、いかに私人であろうと著作を業とする者ならば、読者の身の安全の保障には責任はなくても、精神の安全の保障には責任はあるのではないか。どうぞ考えてくださいと提示した以上、考え中の読者をその場に置き去りにすることが許されるとは思えない。また、長年にわたって著作を買い読みつづけてくれたということは、敬意を払ってくれたという証拠である。その敬意に応ずる責務の果し方ならば、読者と語り歩みつづけることしかないのではないだろうか。

（一九九九年八月）

英語を話すサルにならないために

船橋洋一氏による英語修得必須論に端を発した日本での英語論争は、船橋氏の絶望は充分にわかるし、またある分野にかぎれば完全に正しいと思う。息子が十代に入るや毎夏、五年つづけてイギリスに送り、その後は二年つづけてアメリカのボストンに送った私だから、英語修得の重要性については先見の明を誇ってよいとさえ思っている。もちろん息子を通して、ＴＯＥＦＬがどんなものかも知っている。ただし私は、ＴＯＥＦＬとは、運転免許証のようなもの、と考えているけれど。

しかし、運転免許証だからなおのこと、日本人のＴＯＥＦＬ受験者の平均得点が一八九カ国中一八〇位、というのはやはり困るのである。情報の交換ならば絶対に有利なインターネット用語が英語である以上、英語能力は高速道路を走る運転能力のようなものだからだ。英語にかぎらず外国語とは、第一に意思疏通、第二に、相手側の文化文明を理解するための手段ないし道具にすぎない。つまり、それをしたいとかする必要のある人にとっては不可欠だが、その必要のない人もいるので、必要のない人までが強迫観念にとらわれた末、以後の人生を台無しにすることもないのである。

というわけでここでは、彼ら自身はTOEFLを受けたことがあるのかしらと思う日本人たちが提唱している英語修得必須論は、正しいこと明らかなのだからそれを進めてもらうとして、必要はわかっているのだが英語ダメという人々のために、その対策を考えてみたいと思う。

再び話をわが息子にもどすが、彼の英語修得には執着した私だが、彼をイギリスのパブリックスクールに留学させなかったし、TOEFLでアメリカの大学に進学できると決まった後も、アメリカには送らなかった。最愛の息子を、英語を話すサル、にだけはしたくなかったのである。

ゆえに、外国語という「道具」を手にする前に修得しておくべきことは次の三つ。第一は、哲学や歴史に代表される一般教養（英語で言うリベラル・アーツ）を学ぶことで育成される人格の形成。第二は、自らの言に責任をもつ習慣。第三は、完璧な母国語の修得。これができていないと、いかに外国語に巧みでも外国語を話すサルになってしまう。外務官僚から帰国子女に至るまで、TOEFLならば六百点以上は軽くとれるにちがいないこの種のサルが跋扈《ばっこ》している。

それで、英語ダメの人のための対策だが、まず何よりも、お金の出費は覚悟することだ。そして具体策の第一は、インターネットという高速道路に出て行くのは、それができる他者にまかせる。ただし、それで得た情報の取捨選択は自分ですること。なに、自分は「ソフト」を創っているのだから「ハード」は他人まかせでけっこう、とでも思えばよいのである。

第二は、外国語を必要とする場の性質を認識すること。ニッサンの役員会議はビジネスという具体的なことを話す場であり、英語の発音に神経質なフランス人など聴いたこともないから、人々が耳を傾けるに値する内容（これを明解にするには母国語の能力がモノを言う）があり、他者に伝達する意欲もあり、もしもまかせられればやってのける実行力さえあれば、相当なブロークンでも通じるのではなかろうか。とはいえ、ビジネスの場合と文化交流では、必要とされるボキャブラリーがちがってくるのはもちろんである。

第三は、同時でも非同時でも、通訳を介さねばならぬ場合に心すべき戦術。

(a)相手方にきちんとした言葉で伝わることの利点を重視して、なるべくならば相手方と同じ国出身の通訳を使うこと。

(b)必ず、相手のほうに身体を向け、相手を見て話す。横にいようが背後にいようが、通訳は、話の間は無視してかまわない。

(c)言葉のセンテンスを短くする。長くなりそうな場合は動詞で切る。通訳が訳しやすいためというよりも、通訳に要約させせないためである。つまり、より正確により「生《なま》」に、相手に伝わることが重要なのだ。

(d)英語が不得手であることを公表しておく。ドイツ語を解すと言いふらしたがために、ヒトラーと一対一で会談するはめになり、ヤーヤーと答えているうちに参戦してしまったムッソリーニの喜劇は、イタリアにとっては悲劇であったのだった。

（一九九九年九月）

21世紀臨調への提言

日本のメディアには、他で提唱された事柄となると採りあげない傾向が強い。独創性への執着と思うが、目標の達成を第一目的とする場合に、これほど非効率的なやり方はない。メディアの任務には、投げてこられた球をパスすることもあると思うので、今回はそれをしたい。

投げてきた人は、亀井正夫氏。氏が投げた場所は、『中央公論』九月号。

投げてこられた球は、氏が会長であるという「21世紀臨調」が掲げる目標。

「21世紀臨調」の掲げる四つの目標とは、

一、目前に迫った「二十一世紀日本の国家像の選択」に向けて国の統治システム、基本法制の一体的な見直しをおこない、戦後憲法体制の包括的な検証にまで踏み込んだ国民的な議論を推進すること。
二、いまや破綻と崩壊の危機に瀕している地域社会、国民生活、家庭・教育について戦後以来の総決算をおこない、国民生活を再構築するための全国的な運動を展開すること。
三、次の時代を担う政党・政治家のあるべき姿を討究し、その理想の実現にむけて国民各界が果たすべき役割と責務、貢献手段について検討をおこない、国民と政治との関係の根本的な改革をめざすこと。
四、これら諸活動の趣旨に賛同し、国民とともに改革の推進を担おうとする超党派の若手議員に呼びかけ、国民の立場から彼らの活動を支え、ともに活動を展開すること。
この四目標の達成の具体的な手段として、「21世紀臨調」には、三つの国民会議組織が設置されたのだという。

「国の基本法制検討会議」

「国民生活再構築会議」

「21世紀の政治をつくる国民会議」

私個人は大賛成だ。だからこそ、亀井氏並びに「21世紀臨調」の構成委員諸氏には、次の一事を切に望みたい。

なぜこれまでの種々の臨調が国民から遊離し、それゆえに成功しなかったかの理由は、情報開示の不徹底さにあった。まずこの種の会議とは、構成委員の名が公表され、この人々が大きな卓を囲んだ図がテレビで放映されるか新聞に写真が載るかして発足し、その後は何を討論しているのかまったく報道されないままで過ぎ、最後は文書にした答申なり結論なりを会長から総理大臣に手渡す図が、これまたテレビか新聞に載ってオシマイというのが従来の形であった。これでは、「国民的な議論を推進すること」など夢である。それで私は、「目的のためには有効ならば手段を選ばず」と「継続は力なり」の二つを頭に置いてある手段を提案したい。

会議での全討論を、テレビで放映するのである。日本にはNHK教育テレビという、視聴率を気にしなくてよいチャンネルがある。また、構成委員が属す組織が、順番にスポンサーになるシステムでもよい。要は、テレビという、発言者も非発言者も表情と言葉が露《あらわ》になってしまうメディアを通じて、討議の全容を、それが経過中から公開してしまうのだ。これだと、有識者がほんとうに知力を有する人か否かも判然とするし、まず何よりも、国民を巻きこむのに成功するだろう。国民は有識者ばかりではないだろうが、有権者ではあるのだから。それに、絶望的な視聴率しかとれなかったとしたら、つまらない人間たちがつまらないことを討論し合っているという、証拠にもなる。

従来の臨調システムが、目的は常に良いのに結果は常に不満足であった理由は、一にも二にも手段が良くなかったからである。構成委員の人選などは、二義的な問題にすぎない。日本の総決算に取り組むのならば、「21世紀臨調」自体が自らを全公開する気概が必要だ。委員になることが肩書とでも考えている〝有識者〟のリストラにも、これではじめて成功するにちがいない。そして、テレビを通じての討議の全公開が実現したとしたら、それでもう「21世紀臨調」は半ば成功したと言ってよいだろう。

（一九九九年十月）

ゴーン氏の「常識」

『日経ビジネス』の十一月一日号に、カルロス・ゴーンのインタビュー構成の記事が載っている。はじめは興味がもてなくて放っておいたのだが、あるときふと手にとって読みはじめたらこれが面白かった。

経済に縁遠い私のような者の考える企業再建人とは、何やら大変に現代的なマジックを駆使する人かと思っていたのだが、「日産リバイバルプラン（再生計画）」にある具体的な数字は別として、再生を目的とした基本方針をささえる哲学ということならば、ゴーン氏の言うことは常識の線を一歩も出ていない。マジックどころか、普通人でも考えること可能な常識を唱えているのである。とはいえそれを言い換えると、これまでの日産が非常識的なことをしていたということになるのだが。それに、ゴーン氏の再建哲学なるものは日産にだけあてはまるのではない。他の多くの日本企業にも官庁にもあてはまり、私の作品の出版元である新潮社にさえも完全にあてはまる。

第一に彼は、「生産能力が生産量に比べ多過ぎるばかりでなく、長い目で見ても合理的でないことは早い時点で私にもわかりました」と言っている。これは、「合理的な生産能力はどのぐらいの水準で、その水準にするために最適な方法は何かと問いました」につづき、その結果、「工場閉鎖に踏み切るべきだと判断したのです」となったのだろう。

これは私に、エルベ河までのゲルマニア制覇は放棄してローマ帝国の北の防衛線をライン河と定めたティベリウス帝や、トライアヌス帝が征服したメソポタミアを放棄し、ユーフラテス河までの撤退に踏み切ったハドリアヌス帝を思い起させたのである。何のことはない。真の意味でのリストラは、二千年も昔にすでにやっていることなのだ。

第二の問題点として、ゴーン氏は次のように言っている。

「日産には部門横断的な話し合いがまったく欠如していました。人々は自分の責任範囲である所属部門や専門分野については詳しく語り、問題点も率直に挙げます。しかしながら関係のない部門部署のことは自分の範疇外だとして、会社全体について考え、物事を語ることがなかったのです」

これなどまさに、海外で会う多くの日本のエリートそのものである。イタリアのような中程度の国に置かれている在外公館でさえも、外務省キャリアと他省庁からの出向者たちとの間で、日本全体の外交について論じ合うことすらないのですよ。ジェネラリストでもスペシャリストでもないのが日本のジェネラリスト、であったのだろうか。

ジェネラリストの成すべきことであるはずの戦略とは、目的を明確にすることからはじまる。ゴーン氏は、この点もはっきりしている。

「自動車メーカーにとっては良い商品、つまり魅力的な車づくりこそが本業です。これをもって解決できない問題はない、と言ってもいいくらいです」

これなど、作家業にもあてはまる。もちろん、出版業にも完全にあてはまる。ましてや自動車メーカーである「日産が千四百社もの株式を保有していること自体が非常な驚きでした」というのも当然だ。しかし、外部から見れば当然な常識がそうでなかったところに、日本の組織の真の問題点があるのではないだろうか。政治家でも経済人でも、純粋培養で育ってきた結果なのだろう。「外部の血を時折、自分の体内に取り入れるのはとても重要です」と、彼も言っている。とはいえこれも、古代のローマ人がすでに人材登用で用いてきたやり方だから、現代的・ゴーン的マジックでは少しもなく、組織運営上の基本戦術にすぎない。

しかし、この記事を読んでいて一つのことは痛感した。ブラジル生れでもこの人はやはりフランス人だということだ。フランス人には中央集権志向が強い。彼らによる帝国が大を成さないのも、これに原因がある。中央集権は乱世には有効だが、平時には有効でない場合が多い。私が日産の社員ならば、「黒字化失敗なら去る」という彼の言葉を、「黒字化成功させて追い出す」と変えて自分の頭にインプットするだろう。つまり、「日産リバイバルプラン」で再生を果した日産の次の目標は、ルノーの乗っ取りというわけ。こう考えれば、ゴーン氏への協力も愉《たの》しくやれるのではないだろうか。

（一九九九年十一月）

「善意による実験」の世紀が終わる

もういくつ寝ると「お正月」、というより「二〇〇〇年」という感じで世界中が大騒ぎしている今日この頃だが、一千年昔の今頃も、大騒ぎすることならば何ら変わりはなかったのだった。あの当時の大騒ぎの理由は、キリスト教世界もこれで終わりかという、終末論によってではあったのだが。とはいえ、九九九年当時のキリスト教徒ならば誰もが不安に駆られて大騒ぎしていたかというとそうではない。悔い改めよと絶叫する司祭の声もよそに、いつもと変らないペースで仕事をしつづけていたキリスト教徒もいたのである。ただし、頭脳と眼と耳だけはクールに「全開」させながら。大騒ぎした前者とクールな後者の比率のどちらが優勢であったかによって、西暦一〇〇〇年以降の勝者と敗者の別が決まったように思う。なぜならルネサンスは、勝者となった後者が起した精神上の運動であった。

しかし、大騒ぎにも効用がないわけではない。いつもならば聴き流す事柄でも、周囲の騒ぎに刺激されて考えるようになる人も少なくないだろう。しかもこの種の人々のほうが多数派であるのは、人間世界の現実でもある。そして聴き流さずに考えてみれば、二十世紀末の現在はやはり、考える材料にはこと欠かないのは確かなのだ。

後世の歴史家ならば、二十世紀をどう見るであろうか。人間は平等であるべきという信念を現実化しようとして、さまざまな実験を試みた世紀、と見るかもしれない。人間は平等なのだから報酬のほうも平等にすべきという信念でスタートしたのが共産主義の社会であったのだし、いかなる小国でも一票を行使する権利をもつという考えの結晶が国際連合になったのだから。これらに加え、いかなる少数民族にも自らの将来を決める権利があるとした民族自決主義も、二十世紀を特色づけた「善意による実験」の一つと考えてよいだろう。こう並べてみると、二十世紀とはつくづく、イデオロギーが支配した時代であったのだと痛感してしまう。平等主義へのアンチテーゼと考えてもよい昨今のアメリカ式能力全能の考え方も、イデオロギーである点では変わりはないのだから。

とはいえ、これら「善意による実験」の結果ならば明らかではなかろうか。「実験」としては最も後発のアメリカ式能力全能主義の結果はまだ出ていないと言う人もいるかもしれないが、歴史上でも人間社会の現実的把握なしに突走って成功した例はない以上、これも早晩失敗すると私は見ている。先頃シアトルで開かれたＷＴＯ（世界貿易機関）の会議の決裂が、失敗の前ぶれではないだろうか。

超大国のアメリカは、自国の兵士を犠牲にしたくない想いと、しかし覇権国家ではありつづけたい想いの共存を図ったあげく、金融とインターネットと遺伝子産業による世界制覇を思いついたようである。そして軍事的には、五千メートル上空から爆弾の雨を降らせることによって。

金融とインターネット関係では彼らのほうが先見性に富んでいたという理由で、彼らの覇権を甘受するのは仕方ないかもしれない。パイオニアはいつの時代でも、認められてしかるべきだからである。しかし、遺伝子産業による世界制覇だけはエゲツナイ。生産担当者である農民から、種《たね》の再生産権まで奪うというところがエゲツナイのである。これは、「食」まで首根っ子を押さえられるということで、そういう行為までして覇権国家になった国は歴史上存在しなかったし、なれたとしても存続は無理と思う。なぜなら覇権国家とは、コンピューターではインプット不可能な「敬意」とか「尊敬」とかいう概念がないと、存続不可という面白い生き物でもあるのだから。

このアメリカに次ぐ国であるとされているロシアは、チェチェン問題の解決を急ぐあまり、イスラム世界との正面衝突に入ってしまった。こちらのほうは、自国の兵士の犠牲はいとわないが、他民族の人々の犠牲もいとわないという困った性向をもつ。そのうえ、アジアやアフリカをはじめとする世界各地で続発する民族紛争の数々……。

悔い改めたらこれらの諸問題が解決するとは、キリスト教徒だって思わないだろう。しかし、「将来への不安」ならば、十世紀末に生きた人々も二十世紀末に生きるわれわれも変わりはないのだ。ということは、それからの脱出の方策も、同じということではないだろうか。

（一九九九年十二月）

最後に

一冊にまとめるに際し、五年の間に書きつづったコラムの全文を読み返してみて愕然としている。私の提言が、どれ一つとして聴き容れられていないという事実に。日本の実情に、合っていなかったということか。だが、実情とは、固定的ではなくて流動的なものではないだろうか。

私が深く影響を受けた一人であるマキアヴェッリは、著作中で、自分の執筆の目的は、このような事柄に関心をもち理解したいと欲する人にとって、実際に役に立つ策を提示することにある、と言っている。このイタリア・ルネサンスの政治思想家と私とは、提言したことは何一つ実現しなかったという一点のみで共通するのであろうか。

と嘆いていても、現実は現実である。それで、ほんとうのところは居直った感じの私としては、これまた聴き容れられなかった提言に例を加えるのみで終わろうとも、あることを書いてペンを置くことにしようと思う。

それは、ドイツとフランスとイタリアの三国を歴訪中の衆議院の憲法調査会の一行を前にして、私が話したことの要旨である。正式の公聴会ではない。ゆえに場所も、大使公邸の応接間。調査団は、各党議員から成る九人。これに、憲法調査会の事務局の五人に同行記者四人が、午后の二時間をともに過した人々だった。三十分ほど私が話して後は懇談というのが先方の要請であったので、その三十分を私は次の二項に分けた。

一、古代のローマ人は、法律をどのように考えていたのか。

二、私自身の、日本国憲法についての考え。

㈠については、私の読者ならば改めて話すまでもないのである。法大系の創始者であるローマ人を物語るのだから当然にしろ、『ローマ人の物語』ではほとんど毎巻ローマ法に言及しているし、『ローマ人への20の質問』中でもわざわざ、ローマ法について、と題した一項をもうけている。しかし、誰もが私の作品を読んでくれているわけではない。だからこのような場合は、読んでくださっている方には重複になりますが、と断わって、読んでいないとして話を進めるのが礼儀だろう。

というわけでここでは、つまり重複しないことのほうを重んじてかまわないこの紙面では、このスピーチのために私が用意したメモを移し書きするだけで留める。

ユダヤの法——神が人間に与えたもの——ゆえに神聖にして不可侵——だからこそ、改めることは不可。

ローマの法——人間が定めたもの——ゆえに神聖不可侵ではない——ために、必要に応じて改めること可能。

これを言い換えれば、
ユダヤの法——法に人間を合わせる考え方に立つ。

ローマの法——人間に法を合わせる考え方の代表。

そしてこのローマ法とは、当時の法学者の言によれば、ars boni et aequi（法とは、善と公正を期す技術《アルス》）であるべき。

六世紀、東ローマ帝国皇帝ユスティニアヌスによる『ローマ法大全』が完成。ただしそれ以前にも、ローマ法の集大成は試みられた。

前一世紀、ユリウス・カエサルが手をつけるが、暗殺で中絶。それが完成していたとしたら、ブルータスやキケロの考えたような、本国が属州を支配する国家の方向ではなく、ローマ帝国は本国イタリアと各属州の運命共同体であるべきという、カエサルの政治理念を映したものになっていたはず。

後一世紀、アウグストゥスはカエサルの諸政策を踏襲していながらこれは受け継がなかったのは、すでに死んでいるとはいえ共鳴者が少なくなかった、ブルータス的キケロ的共和政主義者によって殺されたくなかったため。実態は帝政でも外容は共和政を装いつづけた初代皇帝アウグストゥスは、運命共同体的な普遍帝国を明確にする法の集大成を、政治的には時期尚早と考えたのだろう。

後二世紀、ハドリアヌス、ついにローマ法の集大成を成就。ここに至ってローマ帝国は、名実ともに普遍帝国であることを明らかにする。本国も属州も区別なくローマ帝国の自由民全員にローマ市民権を与えるとしたカラカラ帝による法の成立は、ハドリアヌスによる法の集大成から百年足らずで実現したのだった。

そして六世紀、三度目のローマ法の集大成が、「ユスティニアヌス法典」とも呼ばれる『ローマ法大全』として完成。ただしこれは、キリスト教帝国としてもよい東ローマ帝国の皇帝によって成されただけに、それまでのローマ法のすべてを集めたのではなく、キリスト教下での帝国の機能に必要と思われた法のみの集大成であることは当然。とはいえ、ローマ法の研究者によれば、ユスティニアヌスの『ローマ法大全』には、ハドリアヌスによる「ローマ法大全」のほとんどが採用されているとのこと。

この事実は、次のことを教えてくれる。

㈠大全としようが集大成と呼ぼうが、ただ単に集めて成るのではなく、適さない法は廃棄し、適す法は残し、そのうえ必要と思われることは新たに法制化して加えてはじめて成るものであり、それゆえに、法の集大成とは法の改正であること。

㈡カエサルやハドリアヌスやユスティニアヌスの例が示すように、法の改正とは、真の意味での政治であること。

㈢キリスト教徒の皇帝ユスティニアヌスが編纂《へんさん》させた『ローマ法大全』ですらも、そのほとんどがキリスト教の影響を受けなかった時代のローマ法であるという事実ほど、ローマ法の普遍妥当性を証明することもない。そして、法とは本質的に、異民族異宗教異文化であろうと適用可能なものであるべきということ。

二、私自身の日本国憲法についての考え

結論を先に言えば、改定さるべき。ただしその理由は、アメリカに押しつけられたからでもなく、第九条を改める必要からでもない。なぜなら、この二つとも、「今になってなぜ」という、国内国外双方からの疑惑を解くには説得力を欠く。

私の改定理由

(一)日本国憲法も、神が与えたものではないのだから改めること可能という法の本来の姿にもどすことが、法治国家でありたければ重要であるということ。

(二)神聖にして不可侵という考え方は、どのような形をとろうと人類に害をもたらし、しかも常に失敗に帰したことは歴史に証明してもらうまでもない。十字軍、異端魔女裁判、ナチズム、神国日本等々々。

憲法改正の具体策

第九六条を改める。つまり、改正には、衆議院参議院それぞれの総議員の三分の二の賛成にプラス国民投票の過半数の賛成を必要とする、とあるのを、各議院の総議員の二分の一プラス一人の賛成を必要とする、に改める。もちろん、これの改正時には、現憲法の規定どおりに国会議員の三分の二プラス国民投票の過半数の賛成が必要とされるのは当然。

第九六条のみの改正の理由

(一)憲法でも、必要となれば常に改正が可能な状態にしておくべきであるから。

(二)国民投票とは直接民主制度であるだけに、有権者の数が多くなりすぎると機能性を失うという、直接民主制の欠陥を内包すること。これに訴えること多いイタリアを見ても、国民投票(レファレンダム)の実効性には疑いをもたざるをえない。つまり、やるだけ無駄で、やればやるほど投票率が低下するだけが現状。

(三)国会議員に、彼らの責務をより強く認識させるため。すぐれて政治である憲法の改正は、憲法学者ではなくて政治家が負うべき責務であること。

(四)第九条の改正の可否を問題にしつづけるかぎり、憲法改正という国の方向を決める大事が、いつまでも放置されつづける危険を回避するため。今の日本には、実現性を無視しての議論をもてあそぶ暇も余裕もない。

これで、私のスピーチは終わった。この後につづいた質疑応答なり懇談の内容は、私にのみ知的所有権があるわけではないのでここでは割愛する。ただし、一つぐらいならば許されると思うが、それは第九条についてであったのだ。これに対する、私の回答。

「第九六条の改正が成った後で第九条も改正しようという動きが起っても、その改正に反対する議員が衆参両院の二分の一以上であるならば、第九条が従来の形で残ることに私個人は異存はありません。私の願いはただ一つ、日本国憲法を法本来の姿にもどすことにあるのですから」

正式の公聴会でなかったゆえか、衆議院の憲法調査会の諸氏は、すべてが終わった後には拍手などしてくれて、私にはいたく親切であった。ただし、あの後の夕食の席ではどのような感想が口にされたのかは知らない。だが、家にもどる私の気分は悪くはなかった。それは、九人の議員の全員が柔軟な思考の持主であることは感じとれたからである。とくに、何が何でも護憲ということになっているらしい社民と共産の二人は、年齢が若いこともあってか、憲法であろうと何であろうと神聖不可侵は弊害多しと言っているのだから、あなた方が真先に賛成してくれるはずです、と言った私に、笑いで応じてくれたのには希望がもてた。

しかし、この人たちも日本に帰る。外国では自分の頭で考えることが充分に可能でも、永田町にもどれば、党の事情に左右されずにはすまないのであろうか。それとも、すぐれて政治である憲法の改正という大事に関してならば、永田町でも、自らの判断を大切にする議員たちが力をもちはじめているのだろうか。いや、やはりこれも、聴き容れられなかった数多の私の提言に、例を一つ加えることになるのだろうか。

（二〇〇〇年九月）

ラッコブックス

ローマの街角《まちかど》から

著者
塩野七生《しおのななみ》

2000年10月30日　発行
2000年12月25日　5刷

発行者
佐藤隆信

発行所
株式会社新潮社

東京都新宿区矢来町71番地
郵便番号162-8711
電話（編集部）03-3266-5611
　　（読者係）03-3266-5111

印刷
大日本印刷株式会社
製本
株式会社大進堂

乱丁・落丁本は、ご面倒ですが小社読者係宛お送りください。
送料小社負担にてお取替えいたします。
ISBN4-10-309626-8 C0395

価格はカバーに表示してあります。